저자 **주하식**

1946년 충청북도에서 태어나 한국전쟁 이후 아버지의 고향인 경남 밀양에서 자랐다. 초중고등학교 졸업 후 줄곧 집안일을 돕다가 육군에 입대했고, 만기제대를 하고 나서도 농사일 등 집안일을 돕다가 결혼 후에야 도시로 왔다.

도시에 정착 후 중소기업에서 근무하던 중 타고난 근면성실함을 인정받아 5년 만에 대기업 이직을 제안받았다. 고심 끝에 대기업으로 이직 후 십여 년 이상 근무하면서 함께 일하던 동료 열네 명과 분사회사를 만들어 회사를 키웠고, 정년퇴직 후에는 직접 중장비 크레인 임대업을 하면서 사업가로 변신했다. 주위 시선에 아랑곳하지 않고 아내에 대한 사랑을 거침없이 표현하기로 유명했고, 남다른 시선으로 세상 바라보기를 즐겼다.

아내에 대한 사랑, 자식에게 들려주고 싶은 이야기, 병원생활을 통해 얻은 살아있음에 대한 고마움 등 노년에 깨달은 삶의 지혜와 통찰을 나누고 싶어 생애 첫 책을 냈다.

가정이 화목해야

모든 일에
신이 난다

가정이 화목해야
모든일에 신이난다

발행일 2023년 7월 10일

지은이 주하식

발행인 손상민

편집기획 도서출판 나무와 바다

마케팅 최창기

디자인 위시무무

표지일러스트 유자

펴낸곳 도서출판 나무와 바다

홈페이지 www.퇴근후책쓰기.com

ISBN 979-11-977237-2-8

값 19,000원

70평생 울고 웃으며 깨달은 것들

가정이 화목해야

모든 일에
신이 난다

저자 주하식

나무와 바다

담 화 문

친애하는 국민 여러분
이 세상에서 하나 밖에 없는 천하 절세 미녀
정춘연을 탐하는 전국의 남성들이 너무나
많아서 훼손될 우려가 너무 너무 심각 하기에
세계적인 미녀를 보호 하기 위하여 부득히
우리나라 천연 기념물로 지정 하오니
국민 여러분 께서는 이해와 많은 협조
부탁 드립니다. 이 시간 이후 가족을
제외한 전국의 모든 남성들은 정춘연 으로
부터 10m 이내 접근을 금하며 만일
접근 하는 자는 지위 고하를 막론하고
엄벌에 처합니다.

대한민국 미인부 장관   2004년   주하식 [주하인식]

내가 글을 쓰게 된 이유

내가 이 글을 쓰게 된 동기가 있다.

내가 모 대기업에 근무할 때 직원들은 일 년에 한 번씩 그룹 연수원에 가서 1박2일 교육을 받고 오는 제도가 있었다.

나도 어느 해인가 그룹 연수원에 가서 교육을 받는 중이었는데, 그날 교육 교재의 내용 중 이런 게 있었다.

처녀, 총각이 연애를 하면서 총각이 한 시간 정도 늦게 도착했다. 늦게 온 청년에게 화가 난 처녀가 투덜투덜 하니까 총각이 미안하다고 사과하면서 처녀의 엉덩이를 토

닥토닥해주었다. 처녀의 얼굴에 금세 미소가 떠올랐다. 둘은 어느새 사이좋은 연인의 모습으로 돌아가 있었다.

그다음 바뀐 장면에서는 20년 후의 모습이 나오는데, 자식들 말 안 듣고 공부 못하는 게 서로 상대방을 닮아서 그렇다고 덮어씌워 싸우기 바쁜 모습이었다. 그것도 모자라 아내가 시어머니, 시아버지, 시숙, 동서, 올케가 어떻고 말하니 남편이 장인어른, 장모님, 처남, 처제가 어떻니 말하며 크게 싸우는 거다.

강사는 교재의 내용을 보고 조별 분임토의를 한 후 각 조마다 한 사람을 정해 발표하게 했다.

내가 3조 대표로 발표를 하게 되었다(사전에 준비된 것도 없었고, 몇 분 동안 분임토의를 하고 나갔다). 교육 인원이 120여명쯤 되어서 약 13개 조였다. 1, 2조가 발표를 하는데 시간은 1~2분 밖에 소요되지 않았다. 드디어 3조 차례가 되어 내가 나섰다. 발표를 하는 동안 신기하게도 꾸벅꾸벅 졸던 사람들이 모두 깨어 내 말에 경청하는 것이었다.

신나게 발표를 계속하는 중에 강사가 다가와서는 지금은 시간이 없어서 더 들을 수 없으니 발표를 이만 끝내라고 전해주었다.

그때까지 나는 스무명 남짓한 사람들 앞에서 이야기해본 적은 있었지만, 백여 명 넘는 사람들 앞에서 말을 해본 건 태어나서 처음이었다. 그런데 또 그날처럼 많은 박수를 받은 것도 처음이었다. 뒤에 남은 사람의 발표시간을 내가 다 써버리는 바람에 강사가 좋은 말씀을 많이 들었다고 하면서 휴식시간을 주었다.

휴식시간에 차를 한 잔 마시고 있는데 젊은 직장동료가 다가와서는 "아저씨 회사에 들어가면 문화관(대기업이라 각종 동호회, 영화관, 헬스장, 회의실이 있었음)에서 한 번 더 얘기해 주세요."라고 말했다. 또 어떤 이는 책을 한번 써 보라고도 했다. 그 말을 듣고는 나도 언젠가 책을 쓰고 강의를 해봐도 되겠다는 생각을 가지게 되었다.

이 세상에 화목하게 잘 사는 가정도 많겠지만 그렇지 않은 가정도 많다.

좋은 가정을 만드는데 조금이나마 도움이 되었으면 하고 이 글을 쓴다.

차례

⟩ 1장 ⟨
당신에게

⇟ 2장 ⇟
아이들에게

1장

당신에게

심장병

"오늘 몸이 안 좋아서 병원에 갔는데 심장이 안 좋단다.
의사 선생님이 고민을 너무 많이 하면 그렇게 된다는데
고민을 안 할 수도 없고…."

"무슨 고민을 하는데요?"

"무슨 고민이 있나 다 니 때문이지."

"내가 와요?"

"니가 나를 두고 떠나갈까 싶어서 항상 걱정이지."

"안 떠날 테니까 그런 걱정하지 마소."

불면증

"어제 저녁에 잠 한숨도 못 잤다. 오늘따라 일이 너무 많아 죽을 지경이다."

"와요?"

"오늘 니를 볼 수 있다고 생각하니까 마음이 들떠서 잠이 오나 그래서 잠을 못 잤지."

"또 거짓말한다."

우린 주말 부부(집과 회사와의 거리가 차로 2~3시간이 걸려서 한 달에 두 번 집에 가던 시절)다.

의처증

휴대폰이 이 세상에 공개되지 않았을 때의 일이다. 집에 있는 아내에게 전화를 걸었다. 아내가 집에 없어서 이웃 집에 전화를 하였더니 (60세대가 함께 살았던 아파트는 같은 직장 에 다니는 사람들이 주택조합을 만들어 지은 터라 이웃끼리 소통과 화합 이 잘 되었다) 아주머니께서 전화를 받아서 하는 이야기 왈,

"아저씨는 회사에서 일은 안 하고 왜 마누라를 찾으십 니까?"

"그러면 그 댁 아저씨는 전화 안 합니까?"

"우리 신랑은 전화를 안 합니다."

"아주머니, 예쁜 마누라를 두고 있는 남편은 누구나 의 처증이 있기 마련이에요. 좀 이해를 해주세요."

"아저씨 정말 웃긴다. 예쁘긴 뭐가 예뻐요. 못생겼구먼.

춘연아 너거 신랑 전화 왔다 전화받아라!"

쑥떡 이야기

　부엌이 중간에 길게 나 있고 부엌으로 들어가면 한쪽으로는 큰방이, 다른 한쪽으로는 작은방이 이어진 재래식 집에 달세를 얻어 살 때의 일이다.

　회사 일을 마친 후 직원들과 술을 마시고 늦은 시각 버스를 타고 집으로 가기 위해 급히 지하도를 걸어가는데 떡 파는 아주머니가 떡 좀 사가라고 나를 불렀다. 뒤돌아 좌판대를 둘러보니 쑥떡이 눈에 띄었다.

　아내가 쑥떡을 좋아했기 때문에 쑥떡 2천 원 어치에 한 개를 덤으로 얻어 검은 비닐에 넣은 채로 버스를 탔다. 집으로 가는 도중 어떻게 하면 아내에게 감동을 주며 전달할 수 있을까 궁리를 했다. 그러다 좋은 아이디어가 떠올라 버스 안에서 계속 웃음이 났다.

집에 도착해 부엌에서 신을 벗고 방으로 들어가니 초등학교 다니는 두 아들이 TV로 만화를 보다가 벌떡 일어나서 "아빠 다녀오셨습니까." 인사를 했다. 둘은 인사만 하고 바로 돌아앉아 TV에서 눈을 떼지 않았는데, 아내는 두 아들 뒤에서 내 표정만 유심히 보고 있었다.

난 왼손에 검은 비닐봉지를 들고 오른손으로 애들을 가리키며 손짓으로 '이 봉지 애들한테 얘기하지 말라'고 전한 뒤 애들 뒤에 있는 농 위에 얹어 놓고 부엌으로 나갔다. 부엌에서 세수하고 발을 씻는데(옛날 집이라 요즘처럼 욕실이 따로 있지 않았다) 방에서 아내가 "얘들아, 쑥떡 먹어라."하는 소리가 들렸다.

난 생각했던 대로 일이 진행되어 웃음이 절로 나왔다.

애들이 만화를 다 보고 잘 때가 되어 애들 방으로 들어간 다음 나는 아내에게 나지막한 목소리로 말했다.

"애들 주지 말라 안 했나?"

그다음엔 큰소리로 "니는 신랑 말을 우습게 여기고..."

하는데 아내가 손으로 내 입을 틀어막으며 "애들 들으면 큰일난다!" 했다.

난 음성을 낮춰서 "애들 말라고 줄끼고. 쟈들 장가 가봐라 저거 마누라만 갖다 주지 우리 주겠나 아무 필요 없다. 내가 쑥떡 사 올 때는 니캉내캉 이불 밑에서 둘이서 먹을라고 사왔지, 쟈들 줄라고 사온 거 아이다 알겠나."고 말해 주었다.

이 세상에 자식 안 주고 자기들끼리 먹는 부모가 어디 있을까. 난 그런 부모는 없다고 본다. 다만 쑥떡 한 봉지와 재치있는 말 한 마디로 아내도 자식과 같이 먹고 또 마누라한테 좋은 남편으로 점수를 따지 않았나 생각이 든다. 내 작전대로 넘어가니까 기분이 좋았다.

퇴근시간 마누라
마중 나오게 하는 방법

큰애가 고등학교 작은애가 중학교에 다닐 때였다.

늦은 7시에 퇴근하면서 지나온 일을 돌아보니 아내가 퇴근 시간에 한 번도 마중 나온 적이 없었다는 게 생각났다.

오늘은 기필코 마중을 나오게 해야겠다 싶어서 작전에 들어갔다.

시외버스 정류장과 집 거리는 도보로 5분 정도 걸렸다. 아내는 내가 타고 다니는 통근차가 시외버스 정류장 바로 옆에 선다는 걸 알고 있었다.

휴대폰이 없어 공중전화를 이용하던 시대여서 시외버스 정류장 주변에는 공중전화가 몇 대씩 있었다. 공중전화박스에 가 보면 운이 좋을 때는 누군가 전화를 걸고 잔돈을 남겨놓아 간단한 통화는 돈이 없어도 할 수 있었다.

마침 잔돈이 남아 있던 공중전화를 이용해 집에다 전화를 걸었다. 역시나 아내가 전화를 받았다. 나는 다 죽어가는 목소리로 "방금 통근차에서 내렸는데 다리가 좀 불편해서 당신이 부축하러 좀 와주면 좋겠다."고 말했다. 아내는 내 말이 끝나기가 무섭게 "네. 알겠어요." 답하고 전화를 끊었다.

시외버스정류장의 버스 출구 바로 옆 인도에 다리를 펴고 앉아 아내를 기다리고 있자니 지나가는 사람들이 나를 힐끔힐끔 쳐다봤다. 몇 분 후 아내가 횡단보도 건너 신호등 아래에서 신호가 바뀌길 기다리고 있는 모습이 보였다.

초록색 신호가 바뀌자 아내가 허겁지겁 내게로 뛰어오는 것을 보는데 얼마나 기분이 좋던지... 아내는 내 곁에 오자마자 내가 얼마나 다쳤는지 보려고 나의 오른쪽 다리의 바짓단을 걷어 올려 보았다. 내가 아프다고 고함을 지르며 그렇게 하지 말고 살살 주물러 달라고 했더니, 아내는 섬섬옥수로 살살 다리를 주물러 주었다.

한참 뒤 아내의 어깨를 잡고 "당신 손이 약손이다. 조금 전에 억수로 아팠는데 당신이 주물러 주니 다 나았다네." 하니 좀 전만 해도 걱정이 태산 같아 파랗게 질렸던 아내의 얼굴이 허탈한 듯 웃는데 얼마나 보기 좋았던지 모른다.

아내 손을 잡고서 "정류장 앞 영화관에 좋은 영화를 상영하니까 영화 보러 가자고 하면 안 나오지 싶어서 이렇게 안했나. 우리 영화 보러 가자." 했더니 아내는 "지금 애들 학교에서 돌아올 시간이다. 급하게 나온다고 된장국 올려놓고 그대로 나왔다. 애들 저녁 줘야지 영화는 무슨 영화. 갑시다."하며 내 손을 잡아 끌었다.

나도 못이기는 척 하면서 집으로 갔는데 아내가 처음이자 마지막으로 나온 마중이어서 오래도록 기억에 남는다.

마누라가 나를 떠날까봐

"오늘 몸이 안 좋아서 병원 가서 진찰을 받았는데 심장이 안 좋단다. 의사 선생님이 말씀하시기를 고민을 많이 하면 이렇게 된단다."

"그럼 고민을 안 하면 되지 않소?"

"고민을 안 할 수 있나?"

"무슨 고민인지 한번 들어봅시다."

"다 니 때문이다."

"내가 와요?"

"당신이 나를 두고 떠날까봐 항상 걱정이 태산이다."

"안 떠날 테니까 그런 걱정 하지 마소."

잠을 한숨도 못 잤다

집과 직장이 60km 정도 떨어져 있어서 주말에나 집에 갔다.

토요일 낮에 아내한테 전화를 걸어 '어제 저녁에 잠을 한숨도 못 잤다. 오늘따라 일이 너무 많아서 죽을 지경이다.'라고 하니,

"왜요?"

"내일 저녁에 당신 볼 수 있다고 생각하니 마음이 들떠서 잠이 오나?"

"당신 거짓말 잘한다."

오늘은 석가탄신일

아내한테 전화를 걸었다.

"지금 내가 미치겠다."

"와요?"

"오늘 석가탄신일인데 절을 세 군데 밟으면 좋다 하는데 회사 일이 바빠서 가지도 못하고... 특히 절에 가서 당신 아프지 말고 건강하게 오래 살면서 내 곁을 떠나지 말라고 두 손 모아 빌어야 하는데 그걸 못하니까 안 미치겠나?"

"아이고 고마워요."

당신의 숨소리

주말을 집에서 보내고 월요일 아침 일찍 집을 나서면서
마누라에게 말한다.

"호주머니를 벌려서 아내에게 당신 숨소리 꼭꼭 눌러서
가득 채워주라. 당신 못 볼 때 당신 숨소리라도 듣그러."

당신한테 전화한 까닭

아내한테 전화를 걸었다.

"왜 당신한테 전화하는지 아나?"

"모르겠는데요."

"내 호주머니에 저장해 놓은 당신 목소리 다 꺼내 듣고
없어서 아름다운 당신 목소리 들을려고 전화 안 했나?"

"당신은 입만 달싹하면 그짓말이다."

국경일 지정이 시급한 날

"국회의원이나 정부가 제대로 하는 것이 하나도 없다."

"와요?"

"달력 보면 이렇게 수많은 날이 있는데 제일 중요한 마누라 날은 와 지정 안 하는지 나로서는 도무지 이해가 안 간다."

"당신이 최고다. 당신이 국회의원 해라."

"매주 금요일은 마누라 날이다. 알았제?"

가자미 (도다리) 눈

집에 전화를 하니까 아내가 없어서 이웃집에 전화를 거니까 아주머니가 받았다.

다른 사람들은 우리 마누라 아니면 누구 엄마 있느냐고 묻는데 나는 전화를 하면 그렇게 말을 하지 않는다.

봄이 되면 봄소식 전하는 여자, 벚꽃 필 때면 벚꽃 아가씨, 새색시, 아무리 봐도 싫증 나지 않는 여자, 보면 볼수록 탐나는 여자, 우리나라에서 제일 아름다운 여자, 남편한테 아주 잘하는 여자 바꿔 달라고, 전화할 때마다 다르게 부르면 이웃집 아주머니 하는 말.

"아저씨는 도다리 눈이다."

나의 아내가 너무 예쁘면 '마누라 자랑하는 팔불출'이니

흉을 볼 것인데, 정작 아내는 수수한 보통 인물인 까닭에

이같은 농담도 할 수 있는 것이다.

　역시 나는 장가를 잘 갔다.

우리는 부자

승용차를 타고 아내와 동행할 때면 이런저런 이야기를 하면서 가니 지루하지 않고 잠도 오지 않는다. 한번은 시골에 가는데 고급승용차가 내 차를 추월하고 가길래,

"아직도 저렇게 가난한 사람이 있나?" 하니까 아내가 "저 사람은 돈이 많으니까 저런 좋은 차를 타고 다니지." 한다.

"당신은 모르는 소리 하지 마소. 어떻게 저 사람이 우리보다 부자고. 저 사람은 가난하니까 빨리 쫓아다녀야 먹고 살고 우리는 저 사람보다 더 잘 살기에 천천히 다녀도 먹고 산다. 그러니까 우리는 여유가 많은 사람 아이가."

아내의 손도 잡아보고 허벅지도 만져보고 가슴에 손도 갖다 대면서 '너만 보면 자꾸 만지고 싶다.' 하니 아내가 '운전이나 똑바로 하소.' 하며 내 손을 확 뿌리친다.

옆에 예쁜 여자가 있는데 손이 안 갈 수 있나 이렇게 장난도 치고 대화 나누면서 가면 시간도 잘 가는데...

몇 시간을 가도 말 한마디 안 하고 가는 사람이 있다 하니 나로서는 이해가 가지 않는다.

눈이 보이지 않는다

어느 날 시골 고향에 볼일이 있어서 아내와 함께 가는 길이었다. 오늘은 어떻게 하면 아내가 감동을 받을까 머리를 굴리다가 좋은 생각이 떠올랐다.

가는 길에 도로 옆 공간이 넓은 갓길을 미리 봐두고 돌아오는 길 어두운 밤에 미리 봐 둔 장소 앞에서 서행을 하다가 승용차를 세웠다. 그러곤 "눈이 안 보인다. 큰일 났다." 하면서 양손으로 잡고 있던 핸들에 머리를 처박았다.

갑작스러운 내 행동에 놀란 아내는 내 머리를 잡으며 "눈이 안 보인다고? 눈 한 번 봅시다." 했다. 나는 "니가 안과의사가? 가만히 있어라. 내 병은 내가 안다. 밤인데다 눈앞이 보이지가 않는다."고 심각하게 말하고는 웃음이 나오려는 걸 간신히 참았다. 이런 내 마음을 들킬까 오히려 "너는 내캉 여태껏 살면서 내가 왜 앞이 안 보이는지 그것도 모르나." 하며 큰소리를 쳤다.

그러곤 아내를 바라보며 조곤조곤 말했다.

"내 얘기 잘 들어봐라. 운전석 옆에 너무나 예쁜 여자가 앉아 있으니 운전하는 사람이 옆을 자꾸 보니까 앞을 볼 수가 없지."

아내가 어이없는 표정으로 쳐다보길래 어깨를 잡고 "뽀뽀하고 싶어서 도저히 못 참겠다. 뽀뽀하자."고 싫다는 아내에게 억지로 입을 맞춘 다음 "이제는 잘 보인다." 싱글거리며 현철의 '앉으나서나 당신 생각' 노래를 흥얼거리면서(참고로 나는 음치다) 집에 도착했다.

나는 재혼하지 않는다

어느 날 저녁 식사 후 아내와 이야기 나누던 중에 나보고 아내가 "다른 사람들은 아내가 죽고 나면 화장실에 가서 웃는다는데 당신도 그렇게 할끼라요?" 물었다.

"나는 안 한다. 못한다. 왜냐하면 당신 같은 여자가 이 세상에는 없다. 재혼해서 헤어지고 또 헤어지고 나중에는 혼자 살 수밖에 없다. 나는 혼자 살다가 너무 외롭고 슬퍼서 당신 곁에 갈려고 자살할꺼다."

"새빨간 거짓말 하지 마요."

바다로 질러서 왔다

　모 대기업에 근무하며 출장을 갔을 때 직장과 집이 너무 멀어서 주말에 한 번씩 집에 가곤 했다.

　회사에서 5시에 일을 마치면 집에 도착하는 시간이 7시 30분 정도였다. 아내는 매번 내가 도착하는 시간 즈음에 저녁상을 차려놓고는 아이들과 같이 식사하려고 기다리고 있었다. 하루는 퇴근 후 집에 거의 다 왔을 때 아내에게서 전화가 왔다.

　"지금 어디까지 왔는교?"

　"지금 거제다. 일이 너무 많이 밀려서 이제 끝났다."

　"수고했어요. 오늘 올라 올껍니꺼?"

　"모르겠다. 몸도 피곤하고 내일 쉬기는 하는데 당신이

좋아하면 올라 갈꺼고 안 좋아하면 안 갈란다.”

“좋아하요”

“그라믄 올라 갈란다.”

“조심해서 천천히 올라오소”

“그래 천천히 올라갈게. 내가 당신 말 잘 듣는다 아이가.”

집에 거의 다 가서 전화를 받았기 때문에 5분도 채 안 되어 집에 들어갔다.

아내는 내가 도착하면 저녁을 같이 먹으려고 기다리다 전화로 늦다고 하니 아이들과 먼저 저녁을 먹으려던 참이었다.

내가 들어가자 아내 왈,

“거짓말했구나.”

“아니다. 시간이 없어서 바다로 질러서 왔다. 늦으면 저녁 같이 못 먹으니 가족이랑 다 같이 먹으려고~.”

시근이 들었다

　　"내가 곰곰이 생각해 보니 마누라가 중요하다는 걸 여태까지 모르다가 이제야 겨우 알았다. 앞으로 당신한테 잘한게."

　　"남자는 육십이 넘어야 시근이 든다고 하는데 당신은 일찍 시근이 들었네. 당신 고마워요."

요리의 3대 요소와
아내의 음식솜씨

집들이나 돌잔치 등 각종 모임이 있을 때 그 집 음식이 맛이 있으면 안주인의 요리 솜씨가 대단하다고 말들 하는데 나는 그렇게 생각하지 않는다.

나는 항상 그 집 안주인의 성의가 대단하다고 말을 한다. 왜냐하면 요리를 잘 하는데는 3대 요소가 필요하다 생각하기 때문이다.

첫째, 집에 오는 손님들이 맛있게 많이 드시고 가도록 마음가짐 즉 성의가 있어야 한다. 예를 들면 아이 돌잔치 할 때 돌반지가 몇 돈, 돈이 얼마 정도 들어오는데 음식값 지출이 얼마 정도 든다고 셈을 해서 만드는 음식은 맛이 있을 수가 없다.

둘째, 아무리 성의가 있어도 좋은 재료가 없으면 맛있는 음식을 만들 수가 없다. 좋은 재료가 있어야 한다.

셋째는 솜씨다. 위의 두 가지가 갖춰졌을 때 솜씨에 따라 맛이 다를 수가 있다. 이 세 가지가 모두 갖춰졌을 때 그 집 음식은 맛이 없을래야 없을 수가 없다.

나의 아내는 이 세 가지를 갖추고 음식을 만들어서 그런지 우리 집 식구 외에도 다들 맛있다고 한다. 설, 추석 같은 명절이나 제사를 지낼 때 동생들이나 조카들도 큰집 음식이 맛이 있다고 그러는 걸 보면 아내가 만든 음식이 확실히 맛이 있긴 한가 보다.

밥 두 그릇 먹었다

아내는 새로운 음식을 만들어 밥상에 올릴 때면 항상 날 더러 맛을 보라고 한다.

나는 항상 맛이 있어서 물어볼 때마다 맛있다고 했더니 언젠가부터는 질문이 "맛이 어때요?"가 아니라 "맛이 있지요?"로 변했다. 나는 바뀐 아내의 말투를 고쳐주고 싶어 기회를 엿보았다.

한번은 퇴근해서 저녁 밥상 앞에 앉았는데 아내가 하는 말이 "맛있지요?" 하길래 큰소리로 "맛이 없다!" 대답했다. 아내 입장에서는 칭찬이 듣고 싶어 온갖 성의를 다해 음식을 만들었는데 남편의 반응이 좋지 않으니 기분이 상할 법 했다.

역시나 아내는 속이 상했는지 나를 쳐다보며 "맛이 없으면 없다고 하지 소리는 왜 질러요?"했다.

"내가 기분이 엄청나게 안 좋은데 좋은 말이 나가겠나. 당신이 이렇게 반찬을 맛있게 만드는 이유가 있다 아이가. 당신이 나를 죽이려고 하는 짓이지. 내가 하도 미워서 죽이고 싶은데 독약을 먹여 죽이면 당신이 감옥에 갈까봐 독약도 못 먹이니 반찬이라도 맛있게 만들어 놓으면 밥을 많이 먹을 것이고, 밥을 많이 먹으면 살이 많이 쪄서 성인병에 걸려 빨리 죽지 않을까 하고 이렇게 반찬을 맛나게 만드는 거 아이가."

아내가 어이없다는 표정으로 나를 쳐다보길래 다른 날보다 더 빨리 밥 한 그릇을 얼른 비우고 빈 밥그릇을 아내한테 주면서 말했다.

"내일 죽더라도 밥 한 그릇은 더 먹어야겠다. 한 그릇 더 주소."하니 아내가 "더 잡숫지마이소. 당신 빨리 죽으면 나 혼자 못 살아요. 당신 건강하게 오래 오래 살아요."했다.

남편과 자식을 위해 온갖 정성을 다하면서 음식을 만드
니 그 음식이 맛이 없을 수가 없지.

당신 너무 고마워 사랑해!

예쁜 여자와
결혼 안 한 것이 행복

　나는 항상 사람들에게 너무 예쁜 여자, 잘생긴 남자하고 결혼하지 말라고 당부한다. 너무 예쁘고 잘생기면 다른 사람들이 탐을 많이 내고 빼앗길 염려가 많아서 평생 살면서 걱정을 안 할 수가 없다.

　우리 집사람(보통 사람임)과 결혼한 것이 다행인 게 내가 다른 사람들 앞에서 아내가 이쁘다고 아무리 자랑을 해도 다른 사람들이 전혀 열을 받지 않는다. 그러니 마음 놓고 아내 자랑을 할 수 있다.

　어느 날 모임 자리에서 나는 키 큰 여자는 보기 싫더라(내 아내가 키가 작다), 키 작은 여자가 더 아름다워 보이더라고 이야기하니까 모두들 한바탕 웃은 적이 있다.

내 아내가 키 크고 예쁘면 이런 말을 할 수 있을까. 만일 그렇게 말했다면 돌아서서 내 흉을 봤을 게 아닌가.

우리 아파트 이웃의 자녀 결혼식에 가서 일어났던 일이다.

같은 날 예식이 두 군데나 잡혀 있어서 아내는 자기 초등학교 동창 자녀의 결혼식에 가고 나는 우리 아파트 이웃집 자녀 결혼식에 참석했다. 결혼식이 끝나고 이웃 사람들과 식당에 가서 점심식사를 막 하려는 순간이었다.

내가 '잠깐만' 하고 왼손으로 호주머니를 열고 오른손으로 맛있는 음식을 호주머니에 넣는 시늉을 하면서 "이건 우리 마누라가 제일 좋아하는 음식인데 나 혼자 못 먹겠다. 우리 마누라 갖다줘야지." 하니까 전부 다 웃으면서 "105호 아저씨 진짜 문제다. 정신병원에 가야 된다."며 야단법석을 떨었다.

그러거나 말거나 나는 "여러분 이제 맛나게 마음껏 드십시오." 웃으며 말했다.

마누라한테
잘 할 수 있는 교육

회사 다닐 때의 일이다.

대기업은 일 년에 한 번씩 연수원에서 교육을 받는다. 연수원 교육 1박 2일이 끝나는 날 집에 전화를 걸었다. "오늘 교육 끝났는데 교육을 하루 더 받아도 되고 받기 싫으면 안 받아도 된다. 중요하다면 중요한 것이고 중요하지 않다면 받지 않아도 되는 교육이다. 그래서 당신한테 물어보고 결정하려고 전화했다 아이가."

아내가 하는 말,

"무슨 교육인데요?"

"가정에 있어서 남편 역할의 중요성을 교육 받는거다. 특히 아내한테 어떻게 하면 좋은 점수를 딸 수 있는지 그런 교육이다.”

“그러면 받고 와야지요.”

“무료로 받는게 아니고 강습료 내야 한다.”

“돈은 걱정 말고 내가 부쳐 줄테니 걱정 말고 꼭 교육받고 오이소.”

“그래 안 졸고 열심히 교육받고 갈게. 안부전화 하는 것보다 이렇게 시간 날 때마다 전화하는 게 낫제?”

집에 돌아와서는

“당신이 돈을 부쳐주지 않아서 그 좋은 교육을 못 받고 왔다. 아이가.”

“당신 사교육 안 받아아도 지금처럼만 해도 고마워요.”

덥지 않은 여름날

회사에서 일을 하고 있는데 아내한테서 전화가 왔다.

"여보 오늘 날씨가 너무 덥지요?" 하길래,

"다른 사람들은 덥다고 야단이다. 근데 나는 하나도 안 덥다. 내가 일해서 받은 돈이 마누라와 자식들한테 쓰인 다고 생각하니 더운 줄 모르겠다." 말하니 아내가 이렇게 답했다.

"당신 정말 고마워요. 당신은 나한테 일등 남편이다."

모으는 재미 쓰는 재미

"우리 부부는 다른 사람들한테 욕먹을 일이 없다."

"왜요?"

"당신하고 나하고 여태까지 돈 모으는 재미로 살았다면 남에게 욕을 먹을 수밖에 없지. 우리가 쓰는 재미로 살았다면 지금쯤 너무 가난하게 살 거 아이가. 나는 돈 버는 재미로 살고 당신은 쓰는 재미로 살았기 때문에 가난하지도 그렇다고 부자가 된 것도 아니니 다른 사람들한테 욕얻어먹을 일이 없지."

김치찌개

여느 때처럼 새벽 5시에 일어나 뒷산 공원에서 아침 운동을 하고, 집으로 돌아와 아파트 현관문을 열었더니 김치찌개 냄새가 코로 훅 들어왔다. 냄새 한 번 기가 막혔다. 무슨 요리를 하길래 이렇게 냄새가 좋냐며 아내에게 살며시 다가가 뒤에서 끌어 안고 말했다.

"이런 냄새를 맡을 때마다 항상 내가 장가는 잘 갔다고 느낀다. 당신 사랑해."

내 말에 뒤돌아선 아내가 한 손에는 요리하던 칼을 들고

"안 놓으면 찌른다."

엄포를 놓았다.

"사랑하는 마누라한테 칼로 찔려 죽는 것도 큰 영광이다."

두 번 쳐다 봐 주소

저녁을 먹을 때 아내가

"이 반찬 맛있으니 잡숴봐요." 했다.

내가 먹어보니 정말 맛이 좋았다.

"이런 음식 먹을 때마다 당신 얼굴 한 번 더 쳐다보게 된다."

했더니 아내 왈,

"다음에는 더 맛있게 만들어 줄 테니 그때는 두 번 쳐다 봐 주이소."

큰 병원에 가봐야 한다

평소 퇴근하고 집에 오면 아내와 이야기도 하고 장난도 많이 치고 하는데 그날은 집에 들어와 저녁 식사 준비를 하는 부엌으로 가지 않고 곧장 안방으로 들어갔다. 들어가자마자 농에 있는 이불을 꺼내 머리까지 덮고 누워서 끙끙 앓았다.

안방서 끙끙 앓고 있으니 저녁 준비를 하던 아내가 걱정이 되는지 내 옆에 다가와,

"올 때 약은 지어왔습니까. 어디가 그렇게 많이 아파요? 병원에 가요. 아님 약국에서 약을 지어올까요?" 물었다.

한참 뜸을 들이고 난 뒤 눈을 감고 이불을 살며시 걷어 올리고 앉으며 한쪽 어깨와 고개를 옆으로 숙이고 금방이

라도 죽을 것 같은 목소리로 "당신 놀라지 마라. 의료보험
카드부터 찾아놔라. 내일 큰 병원에 가봐야 되겠다." 했더
니 아내는 내가 암이라도 걸린 건가 싶어 안절부절 못했
다.

  그에 대고 나는
  "오늘 점심 먹고 잔디밭에서 휴식을 취하고 있는데 이
런 이야기가 나왔다. 남자들 앞으로 예쁜 아가씨가 지나
가면 남자들은 백이면 백 저런 여자 안아보고 싶은 충동
이 일어난다고 하는데 하는 말 말이다. 근데 나는 아무 생
각도 안 난다. 이거 큰 병 아니가."
  아내는 큰 병이라도 걸린 줄 알고 걱정했다가 내가 한
엉뚱한 소리에 웃지도 울지도 못한 채 멍하니 나를 쳐다
만 보았다.
  "나는 니만 쳐다보고 니만 안아보고 싶다."
  그 모습이 또 예뻐서 아내를 꼬옥 껴안아 주었다.

전화요금

아내한테 전화를 하루에도 몇 번씩 했더니 아내 왈,

"왜 자꾸 전화하요. 오늘 몇 번째고?"

"나도 모르게 전화기에 손이 가네. 당신의 상냥하고 부드러운 목소리 듣고 싶어 전화했다. 아무리 들어도 싫증이 안 나고 자꾸자꾸 듣고 싶다."

듣다 못한 아내가 소리쳤다.

"전화비 많이 나와요. 빨리 끊어요!"

주말 부부

어느 토요일, 집에 전화를 걸었다. 아내가 받았다.

"회사일이 너무 바빠서 일요일도 할 수 없이 일을 해야 겠다."

"쉬지도 못하고 고생이 많습니다."

"일하는 건 아무것도 아닌데 보고 싶은 당신 못 보니 내가 너무 미치겠다."

"그 나이에 회사에서 일하도록 해 주는걸 고맙게 생각하고 당신이 이해를 하세요. 나는 당신이 보고 싶어 하는 것보다 더 보고 싶어요."

"당신 사랑해."

남녀의 평균수명

　남자의 평균수명이 80세인데 반해 여자의 평균수명은 90세라 여자가 남자보다 약 10년이나 더 오래 산다. 내가 아내와 나이 차이가 5년이니까 아내는 나보다 15년이나 더 오래 사는 셈이다.

　내가 죽고 나면 자식이 나만큼 아내한테 잘해줄 수 있을까 걱정이 되어서 아내와 수명을 같이 하기 위해 운동도 하고 몸 관리를 잘하려고 열심히 노력한다.

　이 얘길 사람들에게 하면 어떤 여자들은 그런 걱정 안 해도 되니까 일절 신경 쓰지 말라고 한다.

아내와 마주 앉은 이유

어느 날 식당서 단체모임이 있었는데 식탁에 앉고 보니 아내가 맞은편에 앉아 있었다. 옆에 있는 계원이 꼭 그렇게 앉아야 좋냐고 하길래 "왜 이렇게 앉았는지 내 이야기를 잘 들어보소." 하며 이야기를 이어갔다.

"내가 이렇게 앉는 이유는 40여 년 동안 연구한 결과 음식을 맛있게 먹는 최고의 자세기 때문이다. 예쁜 여자, 친한 친구, 자식, 부모 어느 사람과 음식을 먹어봐도 아내와 마주 보고 먹는 음식 맛과 비교가 되지 않는다. 마누라와 마주 보고 음식을 먹으면 꿀맛이다. 그래서 마누라 한번 쳐다보고 음식 먹고 마누라 한번 보고 음식 먹고 그렇게 합니다."

소원

어느 모임에서였다.

"나는 후회스러운 것 한 가지가 있고 소원 한 가지가 있다."

"형님 무슨 소원입니까?"

"후회하는 것은 35년 동안 마누라와 살아오면서 왜 마누라한테 잘해주지 못하고 고생만 시킨 건지 그게 가슴이 아프다. 소원이라면 내가 하루라도 마누라보다 더 살아서 마누라한테 잘해주고 가야 할 텐데 시간이 얼마 남지 않아 그것이 늘 걱정이다."

"형님만 그런 게 아니고 저도 형님 마음과 똑같습니다."

"자네는 나보다 10년이나 더 길게 안 남았나."

"걱정은 묻어두고 한잔합시다. 건배!"

부부가 안 싸우는 방법

한 평생을 살면서 단 한 번도 싸우지 않는 부부가 있겠는가.

내가 결혼을 하고 인사차 5촌 종숙부님 댁에 방문했을 때(우리집 바로 밑 동네에 사셨다)였다. 숙모님한테 "이 동네에서 제일 금슬 좋은 부부라고 소문이 자자하신데 저도 한 가정을 꾸렸으니 어떻게 하면 그런 소리를 들을 수 있는지 가르쳐 주이소." 물었더니 이렇게 말씀하셨다.

"많은 정이 있어서가 아니고 다른 사람한테 그렇게 보였을 뿐이다. 한번은 서축산 밑에 보리밭을 매는데 조금 남아서 내일 다시 매러 올 바에야 다 매고 가야지 하고 다 하고 집에 오니 깜깜한 밤이었다. 너의 아재가 뭐하다가 이제 오냐고 하길래 '보리밭을 다 매다 보니 늦었습니다. 배가 고프지요. 내가 빨리 밥해드릴께요. 조금만 참아주소' 하고 쌀을 바가지에 담아 씻으면서 '미안하지만 소죽 솥에 불이라도 좀 때어주소' 하니까 아재가 '내일 다시 가서 매믄 되지' 하며 투덜투덜 소죽을 끓이더라. 내가 아재한테 '당신만 일하고 왔나. 나도 하루 종일 일하고 왔다. 당신이 밥 좀 해 놓으면 안 되나. 그리고 배가 고프면 조금만 참으면 되지 나도 배고프다!' 하고 이야기했으면 싸움이 일어났을 거다. 손뼉도 마주쳐야 소리가 난다. 두 손이 마주치니까 소리가 나는 거 아이가. 마주칠 때 오른손이나 왼손이나 한 손만 내리면 소리가 나지 않는다. 한 손 가지고는 절대 소리가 나지 않는 법이다."

"아지매 좋은 이야기 들었습니다. 앞으로 살아가면서 명심하겠습니다."

살면서 가장 잘한 일

아내와 이야기 도중 내가 말했다.

"나는 여태까지 살아오면서 잘한 것은 하나밖에 없다."

"뭔데요?"

"당신하고 결혼한 것."

"말하지 말고 가만히 있어요."

"내가 이래 말하면 나도 당신과 똑같은 마음입니다, 이렇게 예쁘게 말을 하면 안되나?"

"나는 당신과 같이 그짓말을 못한다. 참말만 한다."

"아이고 재미없어라."

아내 사진

병원에 입원했을 때 아내에게서 전화가 왔다.

"다른 생각 하지 말고 편안하게 있어요. 그래야 병이 빨리 낫는다."

"지루하고 갑갑하고 다른 건 다 참겠는데 당신 보고 싶어서 못 참겠다."

"쓸데없는 소리도 그만 하소."

"내가 병원에 입원할 때 집에서 안 가지고 온 물건이 하나 있다."

"무엇인데요?"

"제일 중요한 것이다. 니 사진 한 장 가져와라 보고 싶을 때 보게. 다음에 병원에 올 때 잊지 말고 꼭 가져와라."

"그런 쓸데없는 소리 하지 말고 조용히 있어요."

말다툼하고 나면

　어느날 퇴근하고 집에서 아내와 말다툼을 하고 기분이 나빠서 집밖으로 나가려고 하니까 못나가게 말려서 나가지 못했다. 아내 입장에선 남편이 밖에 나가서 술먹고 들어오면 큰 싸움이 벌어질까봐 못나가게 하였던 것이 아니었나 생각이 든다.

　답답해서 술 한잔이 생각나는데 밖을 못나가게 하니 마침 집에 있던 병에 가득 들어있는 6리터짜리 담금주의 병뚜껑을 따고 두 손으로 잡고 벌컥벌컥 마시니 아내가 병을 뺏어 가서 술이 취하도록 먹지 못하고 이불을 뒤집어쓰고 잠들었다.

　얼마 뒤 직장에서 동료 한 사람에게 부부싸움을 할 때

이런 방법도 좋더라고 말을 전해주었다. 다음날 촌근한 동료가 전날 술을 잔뜩 마셨다기에 이유를 물어보니 대답이 이러했다.

"주기사 네 말만 듣고 담금주를 음료수 컵에다 두 잔을 먹어도 말리지 않아서 담금주 담은 큰통을 그대로 마시니까 와이프가 아이를 안고 작은방으로 가서 안에서 문을 잠그더라고. 그래 가지고 나는 열이 받아서 술을 더 많이 마셨더니 지금 머리가 아파서 죽겠다."

나는 그 얘기를 듣고서 내가 전수한 방법이 통하는 사람이 있는 반면 통하지 않는 사람도 있구나 생각했다.

저녁에 아내와 싸우고 나면 아침에 출근할 때 서로가 말을 하지 않는다. 구두를 신을 때 보면은 평소에는 잘 안하는데 싸운 다음날 아침엔 구두를 반짝반짝 광나게 닦아서 신기 좋도록 해 놓으니 신발을 신을 때 기분이 얼마나 좋은가. 아내도 기분이 좋지 않지만 일 나가는 남편이 출근할 때 기분 좋도록 해서 출근시키려는 마음이 있어서 그렇게 하지 않았나 하는 생각이 든다.

그날 저녁 퇴근하고 내가 먼저 사과를 하였다. 나의 아내가 이러한 고운 마음을 가지고 있는 것을 그때 알았다.

춘연아 사랑한다.

입원 후

내가 여태까지 살아오면서 한 번도 뒤돌아보지 않았는데 입원하고 난 뒤 나의 인생을 되돌아 보니 잘한 것도 많았지만 아내한테 잘해준 게 하나도 없고 잘못했던 것만 생각이 났다.

내가 왜 여태까지 아내를 즐겁게 해주지 못했었는지 후회가 막심하다.

늦었지만 이제부터라도 연구하고 노력해서 아내를 즐겁게 해줘야겠다.

춘연씨! 고맙고 사랑해!

내가 건강관리 잘해서 춘연씨 죽을 때까지 잘 보살펴주고 춘연씨가 먼저 가고 나면 그다음날 춘연씨 외롭지 않게 따라가겠네.

　이것이 나의 소망이라네.

2장

아이들에게

나의 아버지

　내가 태어난 곳은 충청도이다. 하지만 다섯 살 때 6.25가 터지는 바람에 아버지 고향 밀양으로 피난을 내려와 살게 되었다.

　당시 경제가 어려워 참 살기 힘들었다. 어머니께서 아버지 더러 우리가 잘 살 때 논마지기를 장만해 준 사람한테 가서 논을 팔아오라고, 그 돈으로 애들 공부도 시켜야 한다고 말씀하시는 걸 들었던 기억이 난다.

　어머니 말씀을 들으며 나 역시 우리가 어려울 때 도와줬으니 못 살게 된 지금, 우리 처지를 그 사람들이 도와줘야 하지 않나 하는 생각을 가지게 되었다.

　어느 날 아버지가 날 앉혀놓고 "내가 그 사람을 도와주지 않으면 안 되기 때문에 도와 준 거다. 상대가 어떻게 하든 탓하지 말고 네 할 짓만 하고 살아라. 그리고 사람은 태어나서 죽을 때까지 일을 하고 배워야 한다. 그리하면 다 잘 살 수 있다."고 말씀하셨다.

지금 생각하면 아버지 말씀이 옳고 대단한 분이셨다는 생각이 든다.

자식 교육 문제

나는 평범한 가정에서 태어나 우리 시대 다른 사람들처럼 시골에서 중학교를 간신히 졸업하고 농사일을 거들었다. 그러다 군대에 가서 3년을 지내고 제대 후 다시 농사를 짓다가 28살에 결혼하여 1년 후 도시로 나와 달셋방에서 전셋집, 전셋집에서 내 집 마련을 하였다.

그동안의 고생을 말해 뭐하겠는가.

하지만 자식만큼은 고생 안 시키려고 열심히 일했다. 어린이집이나 학원에 보내지 못한 너무나 가난한 생활을 하면서도 자식만큼은 착하고 올바르게 자라도록 신경을 많이 쓴 것 같다.

어린아이들이 길을 가다가 넘어졌을 때 스스로 일어날

수 있는데도 일어나지 않고 어른이 지나가면서 일으켜 줄 때까지 우는 모습을 많이 봤기에, 나의 아들들만큼은 자기가 스스로 일어날 수 있도록 교육하였다.

아들이 아장아장 걸을 때였는데 길 가다가 넘어져 울고 있을 때 집사람이 일으켜 주려고 하려는 걸 일으켜 주지 말고 못 본 채 하고 그냥 걸어가자고 하고 일으켜 주지 않으니까 울면서도 스스로 일어나 부모 뒤를 따라왔다.

그것이 몇 번 반복되다 보니 넘어져도 울지 않고 스스로 일어나 바지에 묻은 흙을 털었다. 그래서인지 나의 이웃집 사람들이 저 집 아이들은 아이답지 않다는 말을 많이 하였다.

추석이나 설 명절에 고향에 갈 때면 시외버스 터미널에서 버스를 타기 위해 1~2시간 정도 줄을 서서 기다려야 하는데 약삭빠른 사람들은 새치기를 많이 하였다.

고향에 갈 때 아내와 아이 둘은 저 뒤에 가서 줄을 서라고 하고 나는 맨 앞쪽에 서서 새치기를 못하도록 입에 호루라기를 물고 저지했다. 아마 다른 사람들은 나를 시외버스 터미널 직원이라 착각했을 것이다.

　한번은 아주머니가 초등학교 2~3학년 정도 되는 아이와 대여섯살 정도 되는 두 아이를 양손에 한 명씩 잡고 개찰구를 나와서 오른쪽 끝에 가서 줄을 서야 하는데 맨 앞쪽 버스 들어오면 바로 탈 수 있는 쪽으로 가는 것이었다. 작은 아이는 그냥 따라갔지만 큰 아이는 오른쪽으로 가서 줄을 서야 한다는 걸 알아서 어머니가 새치기를 못하도록 엉덩이를 빼며 싫어하는 기색을 보였다. 그러거나 말거나 아주머니는 아들을 억지로 끌고 가서는 조금 기다렸다 눈치를 살핀 후 슬그머니 새치기를 하려고 시도하길래 내가 호루라기를 빽 불면서 못 가게 막았다. 새치기를 들킨 큰 아이가 자기 엄마 보면서 "나는 안 갈려고 했는데…" 하며 원망의 눈빛으로 엄마를 봤다.
　부모는 자식들의 모범이 되어야 한다는 생각이 들었다.

부과세 전화와 4대 보험

아내한테 전화를 한다.

"부과세 및 보험 납부하는 날이 오늘이니 오전중으로 내라."

"내러갈려고 씻는 중이다."

"씻지 말고 그냥 가라. 당신은 예쁜데 씻고 가면 더 예뻐 보여서 다른 사람들이 탐을 내기 때문에 내가 너무 불안하다."

"쓸데없는 소리 하지 마소. 부과세 신경쓰는 만큼 나한테 신경쓰소."

전화를 끊고 조금 후에 다시 전화를 걸었다.

"왜 자꾸 전화하요?"

"4대 보험 얼마나 나왔나."

"아직 보험 봉투 안 뜯어봤어요."

"오늘 몇 번째 전화해서 확인하고 하는 건 핑계고 니 목소리 자꾸자꾸 듣고 싶어서 전화 안 했나. 아무리 들어도 싫증이 안 나고 듣고 있어도 또 듣고 싶다."

"전화비 많이 나와요. 빨리 끊어요."

아내에게 점수 따는 법

도로공사 현장에 파견근무 할 때다.

아스팔트 공사하는 도로에 가을 국화씨가 많이 날아와서 자연적으로 큰 국화가 만발하였다. 꽃바구니를 만들어 아내한테 주면 되겠다는 생각이 들어 야산에 있는 칡넝쿨을 뜯어 와 소쿠리를 만들었다. 속에 비닐을 깔고 히아신스 1개 천 원짜리를 넣고 들국화를 꽂은 후 야생갈대나무꽃과 망개열매 나무로 꽃바구니를 만들어 그 속에 손편지를 꽂아놓으니 내가 봐도 멋있었다.

집에 가져가서 아내에게 주었더니 아내가 매우 기뻐하였다. 후에 이웃집 아주머니들이 우리 집에 와서 보고선 언니 형부는 재미있는 사람이라고 칭찬을 많이 하였다고 했다.

　한번은 퇴근 후 아파트 앞 구멍가게에서 소주를 마시는
데 회사 동료가 "형님은 집에서 형수님한테 어케 하요?"
묻길래,

　"당신들이나 나나 똑같이 하지 별 다른게 있나?" 답했
다.

　"우리 집사람이 105호 아저씨 본을 반이라도 받으면 좋
겠다고 합디다."

　꽃바구니를 구입하려면 몇만 원이 들지만 나처럼 이렇
게 하면 천원만 들어도 아내를 즐겁게 할 수 있다는 것을
아는 남편이 얼마나 될까. 조금만 관심을 가지면 아내에
게 점수 따긴 쉽다.

직장에서

중소기업에서 5년, 대기업에서 약20년 정도 근무했다. 근무 중 직장 내 단체 행동이 있을 때 단 한 번도 빠진 적이 없다.

아침에 일찍 출근하고 저녁 늦게(잔업 3시간) 퇴근해서 저녁 9시 30분에 통근차 타고 가면 집에 도착하는 시간은 10시가 넘었다. 그러니 아내, 아이들과 대화할 시간이 별로 없었다.

직장에서 보내는 시간이 하루 일과를 다 차지하기 때문에 항상 동료들과 친하게 지내야 한다고 생각했다. 서로가 상대방에게 스트레스를 주지 말아야 한다고 늘 생각하고 작업에 임했다. 그 결과 중소기업에 근무하던 시기, 대기업 파견 현장에서 열심히 일하는 내 모습을 본 직장 동료들이 자신들의 회사로 들어오라고 해주어 대기업으로 이직했다.

이것이 다 내가 동료들과 사이가 좋았고 열심히 일을 했기 때문에 그 들어가기 어렵다는 대기업에 올 수 있지 않았나 생각한다.

사람은 항상 남을 존경하고 부지런해야 한다는 생각을 가지고 살다 보면 좋은 일이 생기기 마련이다.

현재 내 나이 77세. 여태까지 살아오면서 고생도 많이 하였고 얼마나 어려웠던 시간이 많았겠는가. 화목한 가정을 지키려고 직장과 모든 일에 최선을 다하며 열심히 노력했기 때문에 오늘 이 자리에 서 있지 않나 생각이 든다 (아직까지 돈을 번다).

직장에 다니는 모든 분들아!

정년퇴직 후 무엇을 할 것인지 직장 다닐 때 많이 연구하고 노력해야 한다. 나는 군에 있을 때 자동차 운전을 열심히 하고 정비도 열심히 배우고 사회운전면허를 취득하고 제대했다. 면허증이 있었기 때문에 취직할 수 있었으며, 오늘날 이 자리까지 오게 되었다.

많이 배우지는 못했지만 기술이라도 열심히 배웠기 때문에 평생을 잘 살아왔지 않았나 생각이 든다.

나의 기술, 정말 고맙다.

부부

　남녀가 결혼할 때 몇십 년 전에는 남자는 여자보다 학력도 높고 나이가 남자가 많으니까 당연히 경력도 많았다. 또 남자는 사회활동을 많이 하고 그로인해 많은 실무 경험을 얻었다.

　많이 보고 들으며 느끼는 것도 많았다. 그러나 여자들은 그러한 기회가 적었다고 본다. 티비를 보는 것도 여자는 연속극을 좋아하고 남자들은 뉴스 시사토론 같은 지식이 되는 프로그램을 보기 때문에 결혼하고 기간이 지나면 지날수록 남녀 수준 차이가 많이 날 수밖에 없다.

　남자들이 여자를 무시하고 일방적으로 행동을 하는 걸 보면 한심스럽다. 모든 것이 잘 될 수는 없다. 실패도 많이 한다. 부부가 싸움이 잦고 그것이 누적되면 가정이 위험해진다.

남자들은 회사에서 상사로부터 꾸지람과 진급이 늦어질 때 스트레스를 너무 많이 받고 정년퇴직을 하고 집에 있으면 아내한테 많은 스트레스를 받는다.

회사에 다닐 때는 잠자는 시간을 빼면 아내와 자식들과 대화할 수 있는 시간이 얼마 되지 않으니 스트레스를 받지 않지만 퇴직하고는 하루 종일 집에 있으니 아내한테 스트레스를 많이 받는다.

내 친구는 집이 가난해서 야간 고등학교와 대학을 졸업하고 우수한 공무원으로(국장급) 퇴직하고 집에 있을 때 '친구야 살아가기가 힘들다' 하길래 '남자들은 다 그렇다 할 수 없다. 참고 견디자' 하고 말을 했지만 우리나라에서 그런 사람이 어디 한둘이겠는가.

퇴직 후에 부부가 서로가 존경하고 가정이 화목하도록 관심을 가지고 노력해야 한다고 생각한다.

또 우리가 태어나서 죽을 때까지 얼마나 힘들게 살아가

는가. 나이가 들어 일을 할 수 없으면 더 일을 하려고 하지 말고 또한 돈도 더 모으려고 하지 말아야 한다. 이제부터는 쓰는 재미로 살아야 하지 않나 생각이 든다.

'저 사람은 구두쇠다. 죽을 때 가지고 갈 사람이다' 이런 소리를 듣고 살 필요는 없다. 내가 알고 있는 지인이 정년 퇴직을 하고 촉탁 2~3년 근무 후 일을 그만두었다. 열심히 노력하여 집을 두 채나 가지고 있고 자식 둘을 대학교까지 졸업시켜 결혼까지 시켰다. 아무 탈 없이 행복하게만 살 줄 알았는데 병 걸린 아내를 저 세상으로 먼저 보내고 혼자 살다가 자기도 병에 걸려 몸이 불편하게 지냈다. 아들이 보다 못해 자기 집으로 모시겠다고 해서 자식집으로 가 있어 보니, 혼자 있는 것보다 더 불편해서 도로 자기 집으로 왔다. 직장 동료들이 그 소식을 듣고 집으로 방문하였는데, 그 사람 하는 말이 '너거는 돈을 아끼지 말고 써라. 재미있게 살아라. 나처럼 이렇게 되면 돈이 아무 소용이 없다'고 했단다.

그 사람과 같이 후회하지 말고 여행도 다니고 맛있는 것도 사 먹고 친구도 자주 만나 이야기하고 봉사활동도 해가며 남은 인생 즐겁게 보내야 한다.

자식한테 재산을 살아있는 동안에는 물려주지 말아야 한다는 이야기도 있지만, 나는 그렇게 생각하지 않는다.

내가 죽을 때까지 쓸 만큼은 남겨두고 자식한테 주는 것이 자식과 손자, 손녀한테도 좋은 할아버지 할머니로 남지 않을까.

누구든지 저 세상으로 가야하니 살아있을 때 많이 베풀고 좋은 일을 많이 해서 지인으로부터 아까운 사람이 죽었다고 생각이 들도록 해 놓고 죽음을 맞이 하자는 생각이 든다.

취미생활을 많이 가져라

　우리가 살면서 취미생활이 많으면 지루한 시간이 없으며 건강에도 도움이 된다. 수석 탐색을 할 때면 강바닥에 있는 돌이 햇볕에 열을 받아 열기가 올라온다. 몇 시간을 탐색하고 나면 온몸이 땀으로 번들거리고 옷이 흠뻑 젖는다. 고된 줄 모르고 지루한 줄 모른 채 시간이 잘 가고 기분이 좋고 즐겁다.

　요즘 구청이나 시청에 가면 복지관에서 탁구, 헬스, 장기, 바둑, 볼링, 스포츠댄스, 요가, 기타 등등 동호회가 많다. 더군다나 무료로 할 수 있다. 특히 나이가 많은 분들은 무료로 여가를 즐길 수 있으니 많이 이용하기 바란다. 등산 낚시 등 개인의 취미에 따라서 여가를 즐기면 된다.

절약하라

돈을 적게 들이고 얼마든지 즐길 수 있는 것이 많다.

제주도에 여행을 가서 봉고차를 렌트했다. 아침 일찍 일어나 운전을 하고 가다가 어업 공판장에 들러 경매해 놓은 갈치(상품가치가 없는 꼬리가 잘리고 배가 터진 것)를 반에 반 값에 사서 그 상자째 싸 가지고 집으로 가지고 돌아와 오랫동안 맛있게 먹었다.

회사 동료 20여 명이 1박2일 단합대회로 시골 냇가에 갔다.

내가 아침 5시 30분쯤 경매장에 가서 도다리 횟거리를 싸게 사가지고 돌아와 현지에서 회를 만들어 먹고 저녁에는 횃불과 활을 만들어 고기를 잡아와서 (밤에는 고기가 가로 나와 잠을 자고 있음) 아침에는 저녁에 통발을 설치해 놓은 것을 거둬들여 민물고기를 제법 많이 잡았다.

고기를 삶아서 뼈를 추려내고 그 국물에 배추 시래기를 넣어 국을 만들었는데 제피가루가 없어서 개울가 산에 가서 잎을 따가지고 넣으니 맛있는 해장국이 되었다.

저녁에 술을 많이 마시고 늦잠 자고 일어난 동료들이 먹어보더니 너무 맛이 있다며 전부 두 그릇 이상 먹었다.

다음날 회사에 출근했더니 옆 동료가 자기 옆에 총각인 친구 하나가 국을 먹지 않아서 먹어보라고 권해서 먹더니 그 맛을 보고는 두 그릇을 떠다 먹었다는 말을 듣고 기분이 좋았다(남자가 국을 끓였으니 무슨 맛이 있겠나 하고 처음에는 먹지 않았던 모양이다).

사람이 부지런하면 돈을 적게 쓰고도 맛있는 걸 많이 먹고 즐길 수가 있으니 모임을 갖기를 권한다.

음식 솜씨

저녁에 고기를 구워 먹으려고 식육점에 고기를 사러 간 적이 있다. 매장 안에 두 여자가 이야기를 나누고 있길래 진열해 놓은 고기를 구경하고 있는데, 주인 아주머니가 냉장고에서 고기덩어리를 꺼내어 이 고기가 맛이 있다며 여자 손님한테 썰어 주는 것이었다. 친구한테 주는 것이 아무래도 맛이 더 있지 않겠나 싶어 주인 아주머니한테 '나도 그 고기 주세요' 해서 사 가지고 왔다.

사 온 고기를 식구들과 구워 먹는데 너무 맛이 있어서 생긴 모양을 기억해 놓았다. 한참 뒤에 백화점 식육코너에 갔다가 내가 맛있게 먹었던 그 부위가 꽃등심이었다는 걸 알게 되었다. 그 후부터는 항상 꽃등심을 사다가 먹었다.

한번은 출장 갔다가 거의 일주일 만에 집에서 저녁을 먹게 되었다. 마침 아내가 아는 지인에게 고기를 사서 아들한테 구워줬는데 맛이 없어 먹지 않는다고 하길래 내가 구워 먹어 보니 역시 맛이 없었다.

아내와 같이 시장 보러 나가보면 같은 종류라고 해도 가격 차이가 많이 난다. 아내는 항상 가족을 위해 좋은 재료를 사서 음식을 만드니 애들도 밖에서 먹는 것보다 집에서 먹는 것을 좋아한다.

회사일로 파견근무를 하며 독신자 아파트에서 살 때는 내가 직접 만든 음식으로 직장 동료들과 회식을 자주 하였다. 하루는 회사 동료의 집으로 집들이를 갔는데, 동료가 자기 아내가 해주는 매운탕은 맛이 없다며 날 더러 매운탕을 끓여달라고 했다. 그런 얘기를 들어보면 나도 음식솜씨가 영 없지는 않은가보다 생각이 든다. 아마도 평소에 부엌에서 아내와 음식을 같이 하면서 배운 게 도움이 되었던 것 같다.

사실 이렇게 하게 된 동기는 음식점에서 사 먹으면 돈이 많이 들어가기 때문이었다. 나는 음식점에서 사먹는 대신 새벽 5시에 일어나 경매장에 가서 생선을 싸게 산 다음, 수족관에 보관했다가 퇴근 후 다시 경매장에 가서 찾아왔다. 손질한 생선을 독신자아파트로 가져와 회와 매운탕을 해먹으면 동료들과 양껏 많이 먹을 수 있으니 얼마나 좋았던지. 특히 횟집에서 한 번 먹을 돈으로 네 번에서 다섯 번까지 먹을 수 있으니 얼마나 만족스러웠는지 모른다.

내가 조금만 노력하면 돈을 절약하면서두 실컷 맛있게 먹고 거기다 즐거운 대화까지 나눌 수 있어 일석삼조, 일석사조인 셈이 아닐까.

집밥

    회사에서 일을 늦게 마치고 집에 와서 저녁밥을 먹는데 아내가 같이 먹길래 "너는 저녁을 두 번이나 먹나?" 물으니 아내가 울음을 터트렸다.

    알고 보니 자신이 정성 들여 맛있게 음식을 해놓고 신랑이 오면 같이 먹으려고 배가 고파도 참았는데 그 마음을 모르고 섭섭한 말을 해버린 꼴이었다.

    그다음부터 늦을 때면 항상 전화를 걸어 먼저 먹으라고 했지만 언제나 먹지 않고 기다렸다가 내가 도착하면 같이 늦은 저녁밥을 먹었다.

    아내와 애들하고 고향에 다녀오는 길이었다. 집에 도착해 식사 준비를 하려면 고생스러울 것 같아 저녁을 사 먹고 들어가자 말을 꺼냈다. 아내가 애들한테 뭘 사먹을지 물어보았다. 한데 애들이 '저희는 집에 가서 먹을래요' 하는 바람에 하는 수 없이 집에 도착해 아내가 차려준 저녁밥을 먹었다.

아이들은 식당에서 먹는 밥보다 아내가 해주는 집밥이 좋으니까 한 말이었다. 아내가 우리 가족을 위해 얼마나 애쓰는지 알 것 같다.

우리 아내, 고마워.

보통이 넘는다

한번은 회사동료들과 주말 오후에 일을 끝낸 후 족구시합을 했다. 시합 후에 밥을 먹는데, 반찬으로 싸준 배추김치가 남은 걸 동료들이 서로 가져가려는 걸 보고 아내가 꽤 음식솜씨가 있는가 보다 생각했다(아내에게 사전에 직장에서 오전 근무를 하고 오후에 족구시합을 한다고 현장에서 먹을 밥을 싸달라고 하였다).

또 한번은 각자 음식을 만들어서 가져가는 회사 부부모임에 갔다가 아내의 음식을 맛 본 아주머니들이 저마다 어떻게 반찬을 만드는지 가르쳐 달라고 쫓아다니는 걸 보고 아내의 음식솜씨가 상당하다는 것을 느꼈다.

동생들도 명절에 차례를 지내고 집으로 돌아가면 '형수

님 음식이 맛있다'고 제수씨들한테 형수님 음식하는 법을
배워오라고 한다는 걸 보면 아마도 아내의 음식솜씨는 보
통이 넘는 것 같다.

잠

젊었을 때는 잠이 항상 부족했는데 나이가 들고 나니 왜 이렇게 밤이 긴지 모르겠다. 어릴 적 아버지와 같이 잘 때면 아버지가 한밤중에 일어나 담배를 피우시는 모습을 보곤 했는데, 이제는 내가 하루 저녁 몇 번씩이나 잠에서 깨곤 한다. 잠이 깨면 티비를 틀어 보다가 다시 자고는 한다.

하루는 아내가 '당신은 자다가 왜 자꾸 일어나는 거냐?'고 물어서, '젊을 적에는 안 그랬는데 지금은 걱정이 너무 많아 불안해서 일어난다'고 했다.

아내가 지금 와서 무슨 걱정을 그렇게 많이 하냐고 다시 묻기에 진담 반 농담 반 말했다.

"걱정 안 하게 생겼나? 내 말 잘 들어라. 이 나이에 니가 갑자기 죽을까봐 숨은 잘 쉬고 있는지 나를 버리고 도망을 갔는지 확인해야 하는데 잠이 오겠나? 나는 니가 없으면 하루도 못 산다. 내 나이 팔십에 장가를 갈 수 있나. 죽을 때까지 못 잔다."

직장에 대해
그리고 관계에 대해

우리가 살아가는 데 꼭 필요한 것이 직장이다. 안 할 수 없고 누구나 다 해야 하니까.

아침 일찍 출근해서 근무하고 저녁 늦게 별 보며 퇴근할 때까지 최소 8시간, 많게는 열 몇 시간을 보내면서 얼마나 스트레스를 받는가.

동료들한테 스트레스를 받지 않아야 하지만 줘서도 안 된다.

동료들은 아내와 자식들보다 더 가까이 지내는 것이 좋다.

아내와 자식은 잠자는 시간을 빼면 부딪히는 시간이 얼마 되지 않지만 동료들은 그렇지 않기에 어느 누구보다도

친하게 지내야 한다고 생각한다.

나는 직장생활을 오랫동안 했고 정년 퇴직을 한 지도 20여 년이 지났지만 지금도 정기적으로 옛 직장동료들과 모임을 가지며 친하게 지내고 있다.

이렇게 될 수 있었던 것은 직장에서 근무할 때 서로 배려하며 지냈기에 가능하지 않나 하는 생각이 든다.

직장 선후배, 초중학교 동기생, 나를 아는 모든 사람들에게 늘 감사하고 고맙다.

지금의 시간

사회적으로 출세했다 하는 사람들은 일시적으로 부귀나 권력을 누릴는지 몰라도 끝이 좋지 않고 오래 살지 못한다.

나는 평사원으로 직장생활을 하고 정년퇴직을 했지만 지금 이 시간이 너무너무 행복하다. 자식들한테 용돈을 타 쓰지도 않고 오히려 내가 아들 며느리 손자 손녀에게 용돈을 줄 수 있으니 얼마나 좋은가.

너무 욕심을 부리지 않고 평범하게 보통 사람으로 살아왔기 때문에 이런 좋은 일이 여기까지 오지 않았나 생각이 든다.

치맛자락 세 개

모든 남자들에게 제일의 행복은 치맛자락 세 개를 잘 붙잡는 것이며 그만큼 큰 행복은 없다고 생각한다.

첫 번째 치맛자락은 어머니

어머니가 나를 잘 낳아서 키워주셔서 무척 고맙다. 사실 나는 총각 때부터도 어머니와 사이가 좋지 않았고 결혼하고 난 후에도 어머니와 사이가 좋지 않았다. 시골에서 도시로 분가하고 객지에 나왔지만(어느 월간지에서 일본의 사례가 나왔는데, 한 사람은 시골에 살고 한 사람은 도시에 살면서 20년이 흐른 후에 보았더니 농촌에서 살던 사람이 훨씬 못 살고 있더라는 글을 읽고 도시로 나가기로 결심했다), 오늘의 이 자리에 있게 해준 어머니에게 이제는 고마운 마음뿐이다. 또 존경한다고 말씀드리고 싶다.

두 번째 치맛자락은 아내

장모님 말씀을 들어보면 그 시대에 보리밥 아닌 쌀밥만 먹었다고 하니 아내의 집이 얼마나 잘 살았겠는가. 나는 보리밥도 배부르게 먹지 못해 죽을 더 많이 먹고 컸다. 맨주먹으로 객지에 나와 어려운 환경에서 내게 사업을 할 수 있는 종잣돈을 만들어 준 아내가 정말로 고맙다. 거기다 자식들도 반듯하게 잘 키워 주었으니 이 얼마나 고마운가.

세 번째 치맛자락은 며느리

딸 정현이(아니 나는 딸이라고 함). 착하고 마음이 곱고 부지런하고 요리솜씨도 좋은 아가씨가 며느리로 들어오니, 이런 복덩이가 우리집에 굴러 들어온 것에 항상 고마움을 느낀다.

그리고 우리 손자 손녀!

순하고 마음 착한 예쁜 아이들을 낳아 잘 키우고 있으니 나는 항상 하늘을 날아다니는 기쁨 속에서 살고 있다.

내 며느리 정현아.

며느리 말고 딸 하자 했는데 취소할란다.

주위 얘기를 들어본 결과 여자들이 친정 부모는 만만하니까 함부로 대하는 사람이 많단다. 그래서 두려워서 안 되겠다.

정현아. 너는 시가 친정 구별 말고 시가보다 친정에 더욱 더 관심을 가지라고 부탁하니 꼭 실천하기 바란다.

나는 이제부터 온 동네방네 다니면서 사랑하는 우리 며느리, 딸보다 며느리가 더 좋다고 자랑하고 다닐란다.

정현아 사랑한다.

시부모가　주하식 (인)

정춘연 (인)

치맛자락 세 개를 잘 붙잡고 있으니 이보다 더한 행복이 없다.

우리 가족 너무너무 고마워. 모두 모두 사랑한다.

남자의 세 가지 바지

남자의 행복은 여자의 치맛자락 세 개만 잘 붙들면 된다고 했지만, 남자 바짓가랑이 세 개 역시 잘 붙들어야 한다.

첫 번째 바지는 아버지

나는 아버지를 잘 만났기에 오늘 이 자리까지 왔다고 본다. 커가는 과정에서 아버지의 여러 말씀이 나의 큰 지식과 힘이 되어주었다.

아버지 말씀에, 사람이 태어나면 죽을 때까지 일을 해도 다 못하고 죽을 때까지 배워도 다 배우지 못한다고 하셨다. 아버지는 항상 노력하여 일을 열심히 하고 배우라고 말씀하셨다.

　지금은 흔하지만 라디오가 없던 옛 시절, 각 가정에 스피커를 달아두고 하루에도 몇 시간씩 유선 방송을 내보내곤 했는데, 아버지는 유선방송이 나올 때면 스피커 앞에서 방송을 들으면서도 일을 손에서 놓지 않으셨다. 늘 날이 새기 전에 일어나시던 모습 등이 지금도 눈앞에 선하다.

　중학교를 졸업하고 가난 때문에 고등학교를 가지 못하자, 어머니는 아버지께 '우리가 논 사준 거 팔아오소. 애들 고등학교 보내야 합니다'라고 수도 없이 말씀하셨다. 그렇게 많이 도와주었는데 우리 집에 소주 한 병 사 오는 걸 못 봤던 친척들을 보며, 나는 당신들과 대화할 시간에 조금이라도 일해서 돈을 모아야겠다고 생각해 간혹 집에 오더라도 본 척 않고 일만 했다.

　그런 내 모습을 아버지가 보시고는 왜 말을 하지 않느냐고 크게 꾸짖은 일이 있었다. 아버지께 상대방이 어려울 때 많이 도와줬으면 우리가 어려울 때 도움을 받을 수 있지 않느냐고 말씀드렸다. 아버지께서는 '니 말에도 일리가 있다. 그러나 아버지가 도와주지 않으면 가정이 파탄나게 생겼는데 안 도와줄 있겠느냐. 니 어머니 말도 맞다. 그러나 논을 세 번이나 사주고 집도 지어 주었으니 니 할일만 잘하라'고 나를 나무라셨다. 아버지 말씀을 듣고 난 이후에야 그 친척분과 말을 하기 시작했다.

  나의 아버지는 학교 문턱조차 가보지 못하고 서당에서 글을 조금 배우셨을 뿐이다. 아버지가 세 살 때 어머니가 돌아가시고 새어머니가 들어오셨다. 또 7세 때까지 바지가 없어서 벗고 다녔다는 큰어머니 말씀도 들었다.

  아버지 나이 13세 때 집에서 뛰쳐 나왔다고 한다. 어린 마음에 얼마나 불안하고 살기가 힘들었겠나 생각하면 마음이 아프다.

  아버지는 가출 후 갖은 고생을 하다가 목수일을 배워 일본기업인 토목건축 건설회사에 입사해 해방 전까지 일을 하셨다. 열심히 일하신 덕분으로 회사에서 신용이 아주 두터웠고 그런 이유로 일본인 사장이 일본으로 가기 전

회사를 넘겨준 한국인 네 명 중 한 명이 되었다. 하지만 회사운영을 해 보지도 못하고 6.25 사변이 일어나 고향으로 피난을 오게 된 것이다.

그 후에 다시 올라가 보니 건설에 필요한 철로(레일), 각종 건설기계, 시멘트 열차를 싣고 가버리고 땅만 조금 남아있어서 우리가 살았던 집과 공장지를 정리하고 누나와 나를 데리고 아버지의 고향에 정착하셨다.

술과 낚시를 즐기셨고 우리들이 크면서 일을 시작하셨는데 객지에서 얼마나 고생을 하셨으면 좋은 머리 좋은 기술을 가지고 있으면서도 욕심을 싹 다 버리고 귀농하여 농사 짓고 목수일도 조금씩만 하셨을까.

아버지는 어릴 때부터 머리가 좋았으며 일본인과 같이 일하면서 신문화를 보고 들으려고 많이 노력한 결과 그 경험을 바탕으로 우리를 잘 키워 주셨다고 생각한다.

한번은 동네 분들과 이야기 중에 아버지가 나를 보고 '저 놈은 공부를 시켜야 되지 않겠느냐'고 물으니 동네어른들 모두 공부시켜야 된다고 말씀하시니까 아버지가 공부를 많이 시키면 시킬수록 큰 도둑을 만드는데 어떻게 공부를 시킬 수 있느냐 되물었다는 말을 들었다.

그러면 공부를 시키지 말아라 답변하니 아버지께선 '공부를 시키면 도둑을 만들고 공부를 안 시키면 도둑을 당한다! 시키지도 못하고 안 시킬수도 없으니 걱정이 태산이다' 라고 말씀하신 기억이 난다.

지금에 와서 생각해 보니 아버지가 가진 통찰력이 엄청나셨던 것 같다.

나는 우리 아버지 발 밑에도 못 따라간다.

불쌍하게 살아오신 분인 아버지를 어떻게 부족한 내가 평가할 수 있을까. 글을 쓰면서도 눈물이 자꾸 나서 아버지 얘기를 미처 다 적지 못하는 나의 부족한 글솜씨가 한탄스럽다.

하늘에 계신 나의 아버지! 정말 고맙습니다. 저를 잘 키워주시고 좋은 말씀 많이 해주셔서 이렇게 성장하지 않았나 생각이 듭니다.

늘 감사하는 마음으로 기도합니다.

제가 곧 하늘나라로 가면 더욱더 성숙한 마음으로 아버

지께 효도할게요.

좋은 말씀 더 많이 들려주십시오.

아내 말이 남자의 '시근'은 늦게 든다고 하는데 이제라도 '시근'이 들어서 다행이다.

두 번째 바지는 나

내 키는 170cm(지금은 169.5cm으로 줄었다. 우리 나이에 170cm이면 작은 키는 아니다. 몸무게는 70kg. 지금은 약 4개월 정도 병원 입퇴원을 반복하면서 좀 줄었다). 내 나이에 이 정도 바지로서는 괜찮은 편이 아닌가.

그리고 나의 아내는 아무리 어렵더라도 나갈 때는 항상 옷차림을 살폈다.

자기는 고작 2만원 짜리 바지를 사 입고 좋아하면서 나는 늘 값비싸고 보기 좋은 옷을 사서 입혀주었다.

남자가 밖에서 깨끗한 옷을 입고 다니지 않으면 다른 사람들이 욕을 나한테(아내) 한다면서 말이다. 신랑을 저렇게 해서 밖에 내보낸다고.

밖에 외출할 때나 회사에 출근할 때면 항상 고급스럽고

깨끗한 옷을 입고 다녔다.

한번은 겨울에 입을 잠바(요즘말로는 패딩)를 사러 나갔다. 가격이 비싸고 메이커인 가게에서 잠바를 고르는데 그 가게에서 최고로 좋은 돕바 가격을 물어보니 대략 30만원으로 외제 피를 가지고 만들어서 비싸다고 가게 주인이 설명했다.

내가 비싼 거 말고 조금 싼 걸로 하자고 말을 해도 아내는 비싼 게 좋은 거라며 그것을 골라줬다. 내가 너무 미안해서 네 잠바도 하나 사게 골라보라 했더니 나는 옷 많아서 필요 없다 하며 내 잠바만 사고 나와서 아내에게 미안했던 기억이 있다.

그 옷을 사 입고 그해 겨울 어느 날인가 회사 동료들과 술을 몇 시간째 마시고 헤어져 시내버스를 타고 집으로 갔다.

정류장에서 우리집까지는 약 15분을 걸어가야 했다. 술에 취한 상태로 집 근처까지 가긴 갔는데, 집 골목을 찾지 못해 다른 집 골목 으슥한 곳에 쓰러져 버렸다. 마침 근처

방범 순찰함이 있어서 경찰이 순찰하러 왔다가 쓰러진 나를 발견하여 경찰차에 태워서 파출소로 데리고 갔다. 파출소에서 나한테 집이 어디냐고 물었으나 술에 취한 까닭에 횡설수설 하고 집 주소도 제대로 말하지도 못했다.

그 당시 내가 살던 집은 남의 집에 세 들어 주인과 같이 살던 집이어서 집 전화도 따로 없어 주인집 전화를 사용하던 때였다.

시간이 조금 흐른 뒤 경찰이 주인집 전화번호를 몇 번이고 되물어서 겨우 주인집 연락처를 알아내어 아내와 연락이 닿았다. 전화를 받고 온 아내가 파출소로 와서 나를 데리고 갔었다.

술이 깨고 아침에 일어나니 아내가 술 너무 많이 마시지 말라고 이야기하면서 당신 그렇게 마시다가 나 과부 만들면 안 된다 하소연하며 해장국을 해주어 맛있게 먹고 출근을 했다.

출근 후 전날 일을 곰곰이 생각해 보았는데 같이 술을 마신 동료들과 헤어진 시간에서 우리 집 근처에 도착한 시간, 경찰이 나를 발견한 시간을 빼보니 약 3시간을 길

바닥에 드러누워 잔 셈이었다.

나의 아내가 그 비싼 잠바(무릎까지 오는 롱패딩이었다)를 사줘서 입었기에 몇 시간을 추운 바닥에 누워 있었어도 살아있지 않았나 생각이 든다.

내가 시골에 살때 이웃집 아저씨가 퇴근 후 집에 오다가 술에 취해 정신을 잃어 동네 들어오는 길 중간에서 논두렁 밑에 신을 벗어놓고 잠이 들어 동사한 사건을 알고 있는 나로서는 이 값비싼 잠바가 나의 몸을 따뜻하게 보호해서 살았기에 내 목숨을 구해준 고마움을 아내에게 돌리고 싶다.

그 후 수십 년이 지났지만 생명의 은인인 그 잠바는 버리지 않고 잘 간직하고 있다.

이렇듯 옷 잘 입는 바지를 만들어 준 우리 아내를 칭찬하고 싶다.

세 번째 바지는 우리 아들

큰아들이 어릴 때였다. 우리 부부가 앞에 걸어가고 뒤에서 아장아장 걸어오던 큰아들이 크게 우는 소리가 들렸다. 뒤를 돌아보니 아들이 넘어져 울고 있었다. 아내가 아들을 일으켜 주려는 걸 내가 막았다.

"일으켜 주지 마. 자기가 일어나도록 만들어야 해. 자기가 일어날 수 있어."

나는 아내를 끌다시피하여 걸어갔다.

울면 뛰어와서 일으켜 줘야 할 부모가 일으켜 주기는커녕 못 본 척 계속 걸어가고 있으니, 부모가 눈앞에서 사라지면 죽는 줄 알 때인 아기가 스스로 일어나 아내 옆으로 뛰어와 우는 것이었다.

옷을 털어주고 쓸린 손바닥을 호호 해 주면서 받아주었더니 옆집 사람들이 '저 집 아기는 너무 신기하다. 어린 아기가 넘어져도 울지 않고 자기 스스로 일어나 옷을 털고 부모를 따라간다'며 많은 칭찬을 하였다.

또 큰아들이 어릴 때 동생과 그 또래의 아이들과 놀다가 동생이 남의 아이한테 맞는 것을 보고도 가만히 있는 것을 아내가 보곤, 동생이 맞고 있는데 형인 네가 가만히 있으면 되냐고 야단을 쳤다.

그랬더니 큰아들 하는 말이 동생이 잘못했어요, 였다.

아내는 다음부터는 때리지 말고 잘 지내라고 이야기해 주라면서 내가 아이들 교육을 잘못시켜서 아이를 너무 바보로 만들고 있으니 가정교육을 잘 시키자고 했다.

큰아들이 중학교를 다닐 때 자기 반 뒷줄 책상에 앉는 5명의 친구한테 집단 구타를 당해 얼굴이 퉁퉁 부어 집에 온 적이 있다. 그것을 보고 나의 아내가 얼마나 가슴이 아팠을까. 아마도 아이를 저렇게 만든 건 남편이라고 생각했을 것이다.

나는 그때 2박3일 동안 회사 연수를 받고 있던 터라 가보지도 못하고 전화로만 사정을 들었다. 전화를 건 아내에게는 선생님께 자초지종을 들어보고 좋은 방향으로 일갈해 주십사 하고 조용히 말하고 오라고 일렀다.

얘기를 들어보니 아들이 수업시간에 공부를 하고 있는데 연필로 등을 자꾸 찔러대서 아들이 상대방 친구를 한 차례 때렸고, 맞은 아이가 수업을 마치고 자기 친구 네 명을 불러내 큰아들을 때린 거였다. 다섯 명이서 한 사람을 때렸으니 맞는 쪽은 얼마나 고통이 심했겠는가. 게다가 아들을 폭행하면서 아무한테도 말하지 말고 돈도 가져오란 식으로 했다는 소리에 화가 머리끝까지 뻗쳤다.

학교에 가서 그 놈들 가만히 안 둘꺼라고 노발대발을 하니까 큰아들 하는 말이 연필로 찌른 친구는 장난으로 한 건데 자신이 그걸 못 참고 때린 거니 본인 잘못도 있다고 했다.

그 뒤 선생님이 지도를 잘해줘서 잘 해결이 되었지만 나는 아직 그 놈들이 괘씸하고 밉다.

큰아들이 고등학교 진학할 때 자기는 대학에는 안 가고 공고를 나와서 빨리 돈이나 벌겠다고 했다. 나는 대학교를 나와야 좋은 직장을 구해 편하게 근무하고 돈도 많이 벌수 있으니 인기 없는 지방대학이라도 나와야 좋지 않겠나 싶었는데, 그 말을 듣고 조금 생각을 해 보자 하고선 자리를 피했다.

나의 직장생활이 사무직이 아닌 현장직 근로자여서 한 평생 고생을 하며 살았기에 아들도 그와 같은 길을 걸어갈 걸 생각하니 마음이 아팠다.

그 당시에는 현장직보다 사무직에 근무하는 사람들이 진급도 빠르고 돈도 많이 받았었다.

하지만 본인 말대로 대학을 가면 4년, 군대 갔다오면 3년인데 그 7년을 현장에서 기술을 배워 돈을 벌면 회사에서 이직을 해도 기술이 있어 취직하기도 쉬우니 그것도 좋은 생각인 듯 했다.

그래 니 뜻대로 하고 항상 배우고 죽을 때까지 일을 해라 격려해 주었다.

당시는 기술자를 많이 양성하던 시기였다. 정부에서 공고에 다니는 학생들을 육성해서 근로 기술자를 만들기 위해 기능사 자격증을 따면 군 면제를 해주는 제도가 있었다. 회사에서도 작업 현장에서 일을 했기에 아들은 일주일 아니면 2주에 한번 씩 집에 오곤 했다.

아내가 아들의 작업복을 빨면서 눈물 흘리는 것을 보고 저것이 엄마의 마음이구나 하면서 나도 속으로 많이 울었다.

아내의 말이 한번은 큰아들이 밤새도록 끙끙 앓고 잠도

제대로 못 자고 밥맛조차 없어 해서 밥도 먹지 않고 그 상태로 회사에 가려 하길래 아픈데 회사에 얘기하고 하루 쉬라고 하니까 큰아들이 말했단다.

"오늘 하는 일은 정해져 있는데 내가 안 나가면 직장동료 몇 명이 나 대신 고생을 해요."

아픈 몸으로 출근한 건 안타까웠지만 저런 착한 마음을 가지고 일을 하면 성공한다고 생각하니 뿌듯하였다.

아들이 고등학교 졸업 후 특례 받은 3년 일을 끝내고 내가 파견 나간 회사에서 같이 일을 하게 되었다. 한번은 경비 아저씨가 나를 부르기에 가보았더니 아저씨가 아들 하나 잘 키웠다고 칭찬을 하셨다. 뭘 그렇게 잘 봤느냐 하면서 그렇게 잘 봐주셔서 감사하다고 인사를 하니, "요즘 저런 청년은 없을 겁니다. 출근할 때 저보고 항상 인사를 하고 퇴근할때도 꼭 인사를 하고 갑니다."하더라.

그때 그 아저씨 말씀을 듣고 나니 아들 바지 하나 잘 만들었다고 자부할 수 있었다.

지금은 좋은 아내도 만났고 회사에서 인정받는 일류기술자가 되어가는 과정이다.

현장에서 오래 근무한 고참들에게 '우리 아들 교육 잘 시켜서 일류기술자 되도록 많이 밀어주세요' 하니까 '아들 걱정 하지 마소. 형님보다 더 일 잘한다고 소문이 자자합니다' 한다.

그 말을 듣는 내 마음이 너무너무 기쁘다.

작은아들도 너무 착하게 커서 바지 하나를 더 소개할까 한다.

어릴 때 너무 예뻐서 밖에 데리고 나가면 또래 아이들에게 '얘 여자 같아? 남자 같아?' 하고 물어보면 이구동성으로 '여자!'라고 답했다. 남자라고 해도 믿지 않은 아이는 작은아들의 바지를 벗겨서까지 확인하려고 했던 일도 더러 있었다.

작은아들은 워낙 깔끔한 아이다 보니 나갈 때 그냥 나가는 법이 없었다. 항상 남방이나 티셔츠 깨끗한 걸 꺼내 입고 허리띠를 하고 나가는 것을 볼 때면 '저 넘도 잘 키우면 되겠다' 싶었다.

중학교를 졸업하고 고등학교에 들어가서는 열심히 공부하는 모범생의 모습으로 변하였다.

작은아들이 고등학생일 때는 집에 어느 정도 여유가 생겨서 집에서 먼 고등학교로 진학을 했는데, 버스를 두 번이나 갈아타고 다녀야 해서 고생을 많이 했다. 작은아들이 하교할 때 쯤이면 아내가 버스정류장에서 기다리다가 작은아들의 가방을 받아 가지고 오곤 했었다.

생전 처음 학원을 보냈을 때는 2개월 정도 다니더니 배울 것이 없다 하면서 학교수업만 잘 들으면 될 것 같다며 학원을 그만 두었다.

자기가 열심히 공부를 하니까 고 2때는 성적이 10개 반에서 30등 안으로 석차가 올라 이제 되겠다 싶어 마음으로 응원을 해주었다. 하지만 3학년이 되어서는 학교 수업을 마치고 집에 오면 11시, 그때 와서 밥을 먹고 '30분만 잘 테니 깨워주세요' 하고선 잠이 들어 30분 뒤에 깨우니 정신을 못 차리고 자꾸만 쓰러지니 차라리 잠을 푹 자게 두었는데 아침에 일어나서 '어제 왜 안깨웠냐'고 성을 내었다.

아내도 작은아들이 등교해서 하교할 때까지 한숨도 못 자고 기다리는 데다 아침마다 일찍 일어나 밥 먹이고(아침

밥 먹을 시간이 없으니 아내가 세수를 하고 나오는 아들 입에다 밥을 떠 먹였다) 도시락 싸느라 얼마나 고생스러웠을까, 생각이 든다.

작은아들이 학교에 다닐 때 꼭 필요한 금액만 아내한테 달라고 해서 아내가 아들 몰래 호주머니에 3만 원을 넣어 두었는데, 방 청소를 하다 보니 책상 위에 3만 원을 올려 두고 등교를 했다는 말을 들었다. 부모에게 짐이 되지 않으려고 노력하는 모습을 보면서 내가 돈은 많이 못 벌어서 저렇게 된 것 같아 가슴 아픈 적이 있다.

대학교 입학한 다음 입대 후 제대를 해 복학하다가 2학년 때 더 이상 배울 것이 없어 직장생활을 하겠다며 그 좋은 전자과를 퇴학하고 2년제 대학에 재입학해 졸업 후 공무원 시험에 바로 합격하여 공무원 생활을 몇 년 했다.

잘 다니던 공무원 생활을 갑자기 퇴직한 후 공부하는 것이 그리 좋은지 연극영화과에 진학해 2년 더 공부를 하고는 지금은 서울에서 직장을 잡고 열심히 일하며 살고 있다.

아들 둘 다 사춘기 없이 큰 사고 없이 잘 커줘서 고맙다. 다만 지금은 우리 작은 아들 장가 가는 게 내 소원이다. 장가 좀 가게 해주세요!

남자에게

　남자는 사회 일을 하면서 귀로 듣고 눈으로 보며 많은 지식을 얻는다.

　여자는 그런 기회가 남자보다는 적다. 많은 사람의 접촉도 없고 살림 살고 애들 키우느라 사회에서 배울 기회가 남자보다 적다. 따지고 보면 사회에서 부딪히면서 배우는 지식이 얼마나 많은가. 그래서 부부 간 지식 수준에 차이가 날 수밖에 없다. 그러니 몇 년 지나면 갈등이 생긴다.

　남자들은 이를 미리 알고 마누라를 무식하게 대하지 말자. 여자들도 남자가 사회에서 직장생활 하는데 고생이 많은 것을 알아야 한다.

자녀교육

자녀들에게 항상 관심을 가지고 관찰하라.

공부 잘한다고 모두 잘 되는 것은 아니다.

순하고 정직하게만 키우면 자식이 성공할 수 있다.

음식문화

　젊은 시절 외국에 다녀올 기회가 있어서 네 명과 외국에
갔는데 식당에 갈 때마다 개인 밥상을 받았다.

　위생상 정말 좋아 보여서 관심을 가지고 보았는데 찬도
많지 않고 먹고 싶은 음식 반찬이 있냐고 물으니 있다고
해서 주문을 해서 먹었는데 나중에 알고 보니 추가계산이
되어 있는 것을 보고 깜짝 놀랐다. 여튼 음식을 다 먹고
보니 밥상에 남은 반찬이 하나도 없고 다 빈 그릇이었다.

　우리나라는 어떤가.

　모든 반찬을 한 그릇에 같이 먹고 너무 남아서 버려지는
음식이 전국 식당에 얼마나 많겠는가. 개인 밥상 제도를

도입하면 식당에서는 적당한 음식 배분으로 음식값을 낮출 수 있고 버리는 음식도 줄어들뿐 아니라 국민은 음식을 싸게 먹을 수 있으며 건강까지 지킬 수 있다.

식당에서 재사용하는 음식들도 너무 많다. 음식을 재사용하지 않고 원가도 줄여야 한다. 우리나라에 자율 배식하는 곳이 있지만 많이 가져와서 먹고 남기는 음식도 너무 많다.

우리 국민 모두 동참합시다.

가정에서도 반찬을 뷔페식으로 해서 식습관을 바꾸는 문화를 만들어야 한다.

식습관 문화를 빨리 도입해서 바꿔야 한다.

내가 병원에 있으면서 몸무게를 5kg이상 줄였더니 몸 상태가 많이 좋아진 것이 느껴진다. 이걸 보면서 식습관이 얼마나 우리 몸에 중요한지를 알게 되었다. 우리 모두 식습관을 바꾸어 건강한 체력을 가진 사람이 되도록 하자.

좋은 바지

장남이 고등학교 3학년 때 실습하러 사회에 나와서 공장에서 현장실습을 하고 있을 때 나는 직장과 집이 멀어서 1주~2주에 한번 씩 집에 가는 날이 많았다.

한번은 나의 아내가 자식의 작업복을 빨면서 우는 모습을 보게 되었는데 그때부터 집에 와서 식구들을 관심 있게 보기 시작했다.

어느 날 아내보고 애 월급봉투을 한번 보자 했더니 봉투가 없다고 하길래 왜 봉투가 없느냐 하니 '전에는 가져왔는데 요즘은 봉투 없이 돈만 준다더라. 애 고생하는데 그 돈까지 챙기지 마세요. 불쌍해 죽겠구만…' 하면서 눈물을 글썽이는게 아닌가.

이렇게 키워서는 안 되겠다 싶어 장남을 불러서 봉투를 직접 어머니한테 보여주고 어머니한테 용돈을 타서 쓰도록 하라며 좀 심하게 꾸짖었다.

자식을 나무라기도 했지만 자기가 사고 싶은 것이 얼마나 많았으면 이렇게 했을까 싶어 '외국에는 자식이 크면 집을 나가서 독립을 일찍 시킨다. 너도 외국처럼 독립해서 나가라 너 혼자서도 살 수 있다. 돈 벌었다고 네 마음대로 쓴다 하면 나도 내가 돈을 벌어서 네 엄마한테 안 갖다 주고 내 마음대로 써도 되겠네? 다음부터는 봉투째로 어머니한테 드려서 저축하도록 해라'하고 말하며 '네 용돈은 내가 번 돈으로 줄 테니 얼마나 주면 되겠냐?'고 물어보았다. 대답이 없길래 내가 '3만 원 하면 되겠나?' '옷도 사 입어야 하고 그 돈으로는 안 된다'고 하길래 '옷은 보너스 나오면 사 입으면 된다. 그것만큼은 니 마음대로 써라. 그리하겠냐?'고 물으니 그리하겠다고 해서 대화를 잘 끝냈다.

그 대화 후 장남은 꼬박꼬박 월급봉투를 아내에게 가져다 주었다. 이걸로 인해 저축하는 방법을 가르쳐 준듯해서 기분이 좋았다.

결국 '좋은 바지'를 만들게 되어 지금 내 마음이 흐뭇하다.

평생을 배우고 일을 해도 다 못 한다.

남 탓 하지 말고 내 할 짓만 깨끗이 하라.

강의 마무리

내가 오늘 여기서 열의를 가지고 강의한 이유는 단 한가지. 여러분들의 도움이 필요해서입니다.

오늘 제 강의에 대한 강의비를 쥐꼬리 만큼 받고 강의를 했습니다.

여기서 좋은 반응이 없으면 저는 짤립니다. (웃음)

제가 짤리고 안짤리고 하는 것은 여러분의 반응에 달려 있습니다.

저를 구해주십시오. 여러분 잊지 않겠습니다.

감사합니다.

어느 날 병원에서

병원 입원 중 새벽 3시경 잠이 오지 않아 글을 몇 자 적어 본다.

내가 입원한 병원은 대학병원이라서 수 천명의 환자들이 오가는 모습을 볼 수 있다. 그중 나이가 꽤 들어 보이는 환자들이 혼자 있는 모습을 종종 보았다.

그 모습을 볼 때마다 나는 진짜 행복한 놈이구나 하는 생각이 들었다. 아내와 며느리가 양옆에서 나를 부축하고 있으니 말이다.

가난한 나한테 시집와서 50여 년을 살아왔으니 얼마나 감사하고 고마운가!

게다가 며느리까지 항상 내 옆에 있어 주니 얼마나 예쁜

가!

　의사 선생님이나 병원 직원들이 며느리한테 딸이냐고 묻는 것을 보면 대다수의 환자들은 딸과 오는 환자들인가 보다.

　아파서 병원에 왔지만 기분이 너무너무 좋다.

　병도 빨리 낫겠지.

　다음에 며느리한테 딸이냐고 물어보는 사람이 있다면 딸보다 더 좋은 며느리입니다, 라고 말해줘야지.

입원치료를 하며 든 생각

약 4개월 동안 입원치료를 받으면서 고생도 많았지만, 나의 인생을 되돌아보며 지나온 이야기와 현재, 미래에 대하 여러 가지 일들을 많이 생각하게 되었다.

병원과 병원에 근무하는 여러 교수님, 의사선생님, 간호사 선생님, 근무하는 여러 선생님께도 깊은 감사의 마음을 전하고 싶다.

역대 정부가 잘해서 병원도 많이 있고 또한 근무하는 여러 분야 선생님들과 불철주야 근무하는 여러분들이 많이 있는 것을 보고 이제야 그 고마움을 늦게나마 뼈저리게 느낀다.

환자는 항상 아프고 불안한 마음을 가지고 있어서 불만

도 많고 짜증을 내게 되는데 그때마다 웃음으로 대하는 병원 가족분들에게 정말 감사할 따름이다.

　병원에서 요즘은 간호사를 두고 아가씨라고 부르지 않고 선생님이라고 부르는 것을 이제야 알았다. 병원에는 간호사가 아가씨만 있는 것도 아니고 아주머니들도 많이 있으니 선생님이라고 부르는 것을 입원하면서 배웠다.

　간호사 선생님이 와서 주사를 놓는데 정맥 핏줄을 못 찾아서 두 군데나 찌르는 통에 많이 아파하니, 간호사 선생님이 미안해 하면서 자기는 간호대학교 학생인데 실습 나왔다고 하길래 '괜찮다. 자신을 가지고 열심히 배워서 일류간호사가 되어 봉사하는 선생님이 되었으면 좋겠다' 하며 내가 더 위로를 해주었다. 실습이 끝나 다시 학교에 돌아간다며 찾아와서 인사를 하길래 '그래, 그동안 고마웠다. 공부 잘하고 사회에 나와서 봉사 부탁한다'고 덕담을 해주었다.

　한번은 새벽 5시 30분 정도 되어서 주사바늘을 3일 동안 썼으니 바꾸어야 한다고 왔길래 하루 더 쓰고 바꾸자 하니 나는 주사를 많이 맞아 봐서 겁이 나서 말했는데 안 된다 해서 맞게 되어서 미리 이런 말을 해주었다.

나도 현장에서 좋은 기술자가 되기 위해 정년퇴직할 때까지 연구하고 노력했다. 선생님들도 주사기를 꽂을 때 따끔한 선생님, 많이 아픈 선생님, 주사바늘이 덜 들어갔는지 안 들어갔는지 모를 정도로 잘 놓는 선생님들이 계신다. 선생님도 항상 배우고 연구하고 기술을 배우고 또한 돈을 벌기 위해서 근무한다고 생각하지 말고 봉사하기 위해 근무한다는 생각으로 일을 하면 일을 해도 즐거울꺼다, 라고 말이다.

우리 환자들도 생각을 많이 바꾸어야 한다.

돈을 내고 병을 고친다고 생각해서는 안 된다.

계속 짜증만 내는 환자들만 돌보는 여러분들의 고마움을 느껴야 한다.

우리 다음에도 즐거운 마음으로 만나게 되기 위해 서로 노력하자고 말해줬더니 "선생님 오늘 좋은 말씀 많이 들었습니다. 그런데 여기서 다시 만나면 안 돼요. 길에서 만

나서 인사해요." 하는 말을 들었다. 어려운 환경 속에서도 근무하는 전국 병원 가족 여러분 정말 고맙고 감사합니다. 병원가족 여러분 화이팅!

병원은 봉사의 현장

　의료계 및 병원에 근무하는 모든 분들은 봉사하는 정신으로 일을 하는구나 하는 것이 내 눈에 비춰졌다.

　나는 봉사 받으러 오는 사람이라고 생각해 본 적이 없다.

　그동안의 생각이 후회스럽다. 여태까지는 돈을 지불하였으니 치료받는 게 당연하다 생각하였기 때문이다.

　이제부터는 봉사 받으러 간다는 기쁜 마음으로 병원에 가야겠다.

　병원에 근무하시는 모든 선생님들 감사합니다.

회관에서

우리 회장님. 축하합니다.

수고하실 때 도움이 된다면 도와드리겠습니다.

제가 아파서 몇 달 동안 병원 신세를 지고 나아진 모습으로 돌아왔습니다.

그렇게 될 수 있었던 건 여러분들의 염려 덕분이라고 생각합니다.

나를 도와준 우리 가족 소개하겠습니다.

누구에게나 모범이 되는 우리 두 아들, 그리고 손자 손녀, 제일 좋아하는 우리 복덩이 며느리.

예쁘고 마음씨 곱고 이해심도 넓고 애들 잘 낳아 키우고 남편한테 잘하고 시부모한테 효도하고 특히 요리 솜씨가 일품입니다.

요리를 잘한다는 것은 아가씨 때부터 부모님 말씀을 잘 들었기 때문에 요리를 잘하는 거라 생각합니다.

요즘 젊은 새댁들 공부만 열심히 하라고 교육 시켜서 요리할 줄 모릅니다.

또한 며느리가 정춘연이와 똑같이 닮아서 저는 행복합니다.

옛말에 먼 곳에 있는 친인척보다 내 옆에 있는 이웃사촌이 낫다는 말이 있습니다.

제가 선창할게요.

"우리가 남이가! 하면 여러분들은 우리는 이웃사촌이다!" 라고 큰소리로 외쳐주세요.

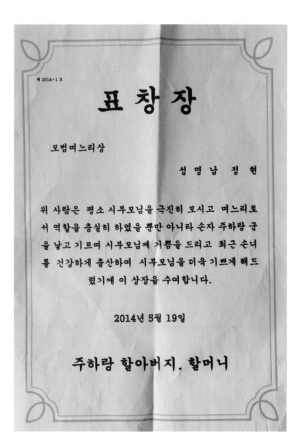

사랑하고 존경합니다

"사람은 태어나서 죽을 때까지 일을 해도 다 못한다.

죽을 때까지 배워도 다 못 배운다. 일과 배움을 죽을 때까지 열심히 해야 한다.

그리고 남을 탓하지 말고 항상 내 할 짓만 하거라."

학교 앞 문턱에도 가보지 못한 분이 어떻게 저렇게 철학적인 말씀을 하시는지 나는 늘 아버지를 존경하고 자랑스러워했다.

아버지 정말 정말 사랑하고 존경합니다.

나는 내 아들을 어떻게 키웠는지 되돌아본다.

아이들의 어린 시절 자립심을 키워주기 위해 넘어져도

일으켜 주지 않을 정도로 단단하게 키우려고 했다.

아이가 고등학교를 졸업 후 특례를 받아 중소기업에서 근무할 때 감기몸살에 걸려 밤새 끙끙 앓고도 아침 일찍 출근 준비를 하는 모습을 보고 아내가 '오늘 하루는 쉬어라'고 했다. 아이는 출근해야 한다며 이유를 말했다.

"오늘 해야 할 일의 할당량이 주어져 있는데 내가 가지 않으면 다른 동료들이 힘이 들테니 꼭 가야 해요."

그 얘길 들으며 자신보다 다른 사람을 먼저 생각하는 태도에 기분이 좋았다.

한번은 같은 회사에서 일을 하게 되었는데 경비실 아저씨가 나한테 주사장 아들 잘키웠다라고 아들 칭찬을 하길래 왜 그런 말씀을 하시느냐고 물어봤더니, 아침에 출근할 때 인사하고 퇴근할 때도 인사를 하고 가는데 요즘 젊은 사람치고 저렇게 하는 젊은 사람은 한 사람도 없다고 대답했다.

그 말을 들으니 아들이 정말 고맙고 자랑스럽다고 느꼈다. 내가 아들 하나는 잘 키웠다고 생각한다.

아들아, 잘 커줘서 정말 고마워!

주어진 일에 최선을 다하기를

   내가 여태까지 살아오면서 성공한 사람들도 많이 봤지만 망한 사람도 수없이 많이 봐왔다. 이 세상에는 수천, 수만 가지 직업과 사업이 있다. 자신이 하는 일에 싫증이 나고 힘들어 직업과 사업을 바꾸는 사람들이 있는데 그렇게 해서 성공하기 보다는 망하는 사람이 더 많은 것이 현실이다.

   내가 아는 한 사람은 정년퇴직이 보장되는 좋은 직장을 다니다가 그만두고 사업을 하려고 하여 내가 '당신이 구상하고 있는 그 사업은 내가 아는 몇 사람이 지금 하고 있는데 잘 안된다'고 하면서 말렸는데도 시작했다가 망하는 것을 봤다.

옛날에는 사업을 하여 돈을 버는 사람도 많았지만, 지금은 자본도 많고 경쟁률이 너무 높아서 옛날 같이 해서 성공할수 있다는 생각을 버려야 한다.

밥이야 안 먹겠나 하고 사업을 단순하게 생각하고 덤벼들다가는 큰 코 다친다. 내가 하는 일이 몇십 년을 했기 때문에 싫증도 나고 짜증도 얼마나 나겠는가. 하지만 일이 힘이 들더라도 참고 견디면 노후에 큰 부자는 되지 않더라도 보통 사람으로서 행복한 가정을 누릴 수 있지 않나 생각이 든다.

우리 모두가 자기가 맡은 일에 열심히 살다 보면 좋은 일이 많이 생긴다고 생각하고 나의 주어진 일에 최선을 다하자.

지난 삶을 반추하며

지난 삶을 반추하며

내가 태어난 곳은 충청북도였다.

아버지가 일본 철도건설회사에서 목수로 근무하는 동안 내가 태어난 것이다.

다섯 살 때는 6.25사변이 일어나서 부득이 피란을 내려오게 되어 아버지 고향에 터를 잡았다.

그리고 아버지의 고향에서 국민학교, 중학교를 졸업하고 군에 갔다 올 때까지 살았다.

돌이켜 봐도 5살 이전에 있었던 일들은 손에 꼽을 만큼 적다.

6.25사변이 터지자 아버지는 빨갱이들한테 붙잡혀 갈까 봐 집을 떠났다. 엄마하고 누나, 나하고 3명이 남았는데

총소리가 많이 나서 피난짐을 챙겨야 했다. 나는 앞마루에서 미꾸사꾸(조그만 가방)를 짊어지고 있다가 벗어놓고 울었던 기억이 선명하다. 엄마와 누나는 집 뒤 사랑채에 있다가 총소리가 덜 나기에 셋이 함께 기차역으로 향했다. 다급한 상황에서 가방은 놔두고 3명이 기차를 타러 가는데 총소리가 너무 많이 나길래 무서워서 남의 집 부엌에 숨어 한참 있다 다시 역으로 갔다.

역에 도착해 간신히 화물칸에 타서 아버지 고향으로 내려오게 되었는데 그때 나는 열차 안에서 방망이를 든 코가 큰 아저씨(미국 사람)를 보고 겁을 먹고서도 울지를 못했다. 집에서 역까지 오는 중간에 어떤 아주머니가 기주기 가방을 손에 지고 어린아이를 업은 채 죽어 누워있던 모습이 지금도 생각난다.

전쟁이란 것이 얼마나 무서운지 나는 5살 때 이미 경험했다.

아버지 살아있을 때 들은 이야기로는, 아버지가 하루 일을 하면 일당이 쌀 두말 값을 받았다 하니 그 당시 우리가 꽤 부자로 살았다는 걸 알 수 있다. 해방 후 다시 도시로 나가야 했는데, 열세 살 때부터 객지에서 어린시절을 보낸 아버지는 다시 고향을 떠나기가 싫었던 것 같다. 고향에 정착한 후 아버지가 강에서 낚시를 즐기며 술을 자주 드시던 모습을 많이 기억한다.

  어릴 때 너무너무 고생을 많이 해서 다시 떠올리고 싶지 않아 여기에 적지 않는다. 한겨울 추운 데도 집에 있지 않고 동무들과 얼음 빙판에서 썰매도 타고 자치기도 하다가 추우면 불을 피워놓고 불을 쪼이다가 바지를 태워 먹고 집에 가면 부모님으로부터 호되게 꾸지람을 받은 일, 여름이 오면 냇가에서 목욕하고 놀다가 추워지면 돌맹이 위에 배를 대고 누워서 몸을 데워가며 하루 종일 놀았던 일, 국민학교 다닐 적에 토요일 오전 수업을 마치고 이웃 동네 동무들 집에 걸어서(약 1~2시간) 놀러 가 밥을 얻어 먹고 저녁에는 초가지붕 처마에 집 짓고 사는 참새를 잡아 불에 구워 먹고 놀던일, 토·일요일 지나고 월요일 아침밥을 먹고 동무들과 같이 학교에 가던 일이 지금도 눈에 선하다.

나는 중학교 다닐 때도 옆 동네에 가서 동무들과 많이 놀았다. 지금 와서 생각해보니 나는 친구들과 잘 어울리는 아이였는가 보다.

중학교를 졸업하고 농사일을 열심히 도왔지만 틈만 나면 산에 가서 나무를(땔감) 많이 했다. 우리집은 동네에서 나무 뼈같이(나무 쌓아놓은 곳)가 제일 높았다.

하지만 사춘기에 접어들어 담배도 피우고 술도 먹고 일도 하지 않고 놀러 다니기만 하는 바람에 집과 동네에서 신임을 받지 못해 나쁜 아이로 지목 받았다.

그러던 중 친구가 다니던 부산 공장에 취직이 되어 열심히 근무를 했는데, 너무 힘들고 돈도 벌리지 않아(일을 하면서 야간에는 고등학교에 다닐 수 있는 직장을 구하려고 찾아 보던 중 마침 영어학원에서 심부름하는 사람을 구한다는 말을 듣고 입사서류를 넣고 기다리고 있었다) 그만두었다. 고민이 됐다. 야간 고등학교에 다니는 급사가 내게 와서 사장님이 찾는다 하여 사무실에 가니까 사장님이 하는 말씀이 내가 너를 크게 키우려고 했는데 하는 말씀을 하셨다. 지금 생각하면 고마울 따름이다.

영장이 나와서 군대를 갔다. 훈련소에서 교육을 받던 중 면담을 하면서 병과를(영장에는 통신행정 받았음) 운전으로 바꾸었다. 왜냐하면 3년 동안 기술이라도 배워서 사회에 나가면 써먹지 않나 생각이 들었기 때문이다. 그후 운전교육대에 가서 열심히 운전을 배운 다음 부대에서 착실히 정비도 배우고 사회운전면허증도 취득하였다.

부대에서 수송부에 근무할 때의 일이다. 선임하사 중사님이 수송부 부대원 약 15명 정도 모아놓고 졸병들은 일을 열심히 하는데 고참들은 빈둥빈둥 논다고 꾸지람을 하기에 내가 "선임 하사님 잘못 보셨습니다. 우리는 잘 모르기 때문에 같은 일을 하더라도 시간이 많이 걸리고 고참들은 많이 알기 때문에 같은 일을 하더라도 우리는 느리고 고참은 빠릅니다. 우리는 열 발자국 뛸 때 고참들은 한 두 발자국만 뛰어도 되니 다른 사람이 볼 때 우리는 일을 많이하는 것 같아 보이지만 능률이 오르지 않습니다. 고참들한테 우리들은 많은 것을 배우고 있습니다."라고 말했다.

    그 말을 들은 선임하사 중사님은 시간이 많이 나면 놀지 말고 후배들 많이 가르쳐 주고 도와주라고 말씀하셨다. 그뒤 고참들이 날 대하는 태도가 달라졌다.
    그렇게 3년 동안 아무 탈 없이 군 복무를 마치고 제대하며 집에 왔는데 그때 마침 정부에서 우리도 잘 살아보세 하고 겨울에 놀지 말고 일을 하자고 시멘트를 무상으로 나눠주며 농로를 넓히고 부업을 장려하였다.

    우리 집에서는 아버지가 목수라서 가마니 짜는 기계를 만들어 많이 팔았다. 나는 아버지 하는 일을 열심히 거들었다. 일이 많아서 저녁 12시까지 일을 하고 잠도 몇 시간 못 자고 5시에 일찍 일어나 가마니 짜는 틀을 만들어 팔았다. 열심히 한다며 동네 어른들의 칭찬(군에서 휴가를 나와도 놀지 않고 산에서 나무를 한데다, 너무 열심히 한 탓에 허리에서 피가 나는 줄도 모르고 우물가에서 세수를 하는 모습을 보고는 인기가 치솟았다)도 많이 받았다.

군에 갔다 온 뒤로 가기 전보다 많이 달라졌기 때문이었다. 그래서 여기저기서 결혼하자고 중매가 들어와서 보던 중 지금 아내와 결혼을 하였는데 그즈음 벼 다수확 품종이 나와서 가마니 짜는 틀이 필요 없게 되었다. 그 품종은 키 높이가 작아서 가마니를 짤 수 없던 탓이었다.

그러던 중 우연히 어느 월간지를 보다가 과거 기사 하나를 읽었다. 일본에서 대학을 졸업하고 한 사람은 농촌에 살고 한 사람은 도시에서 살았는데 15년이 지난 후에 보니까 도시에 살던 사람이 농촌에 살던 사람보다 잘 살고 있다는 내용이었다. 기사를 읽고 나도 도시로 나가야 겠다는 생각을 가지고 결혼하고 1년 후에 도시로 나왔다.

군대에서 취득한 보통운전면허로 중소기업에 취직이 되었다. 산소통을 운반하는 기사가 결근하면 대타로 운전을 하면서 시간이 있을 때는 중장비과에서 장비 정비를 거들면서 열심히 일했다. 중장비 크레인 면허증도 땄다. 한번은 크레인 기사 한 분이 몸을 다쳐 병원에 입원하는 바람에 내가 그 차를 타게 되었다. 내가 항상 부지런하고 정비도 잘하고 또한 윗사람이 볼 때 맡겨도 잘하지 싶없는지 그 일을 내가 맡아서 하게 되었다. 근무할 때 하루도 쉬지 않고 아침 일찍 출근하여 밤 늦게까지 열심히 노력하니까 주위 사람들이 칭찬을 많이 하였다.

어느 날 일이 너무 고되어 아침 출근을 하지 않고 집에서 쉬고 있는데 윗사람 한 분이 나를 데리러 와서 어쩔 수 없이 출근을 하게 되었다. 나를 본 노조 위원장님이 자기 현장 사무실에 나를 데리고 가서 무슨 불만이 있나 물었다.

내가 아무 불만이 없다고 답하니까 노조 위원장님이 말하길 "자네가 고생하는 거 모두가 잘 알고 있다. 내가 부사장한테 이야기하여 너 월급 올려주라고 이야기 할 테니 일이나 열심히 해라." 하기에 "고맙습니다." 하고 다음날부터 더 열심히 하였다. 그랬더니 다음날 월급이 인상이 되어 나왔다.

공장 직원이 몇 십 명 되었는데 일 년에 월급이 두 번 인상된 사람은 나 혼자 밖에 없다는 것을 알고 너무 고마워

더욱 더 내가 맡은 일을 충실히 했다.

회사에서 중장비 임대업을 하였는데 5년 정도 근무할 때 모 대기업에 일을 하러 가게 되어 일을 하면서 다른 기사들의 불만이 많았다. 당시만 해도 중장비가 귀해서 보통 어디든 일을 하러 가면 아침에 장갑 두 세트, 담배 2갑을(조수 포함)주었고 숙식제공에다 한달이 되면 용돈을 받을 때인데 현장에서는 아무것도 해주지 않으니 운전기사들이 불만이 많아 일을 잘해주지 않고 짜증만 냈다. 그에 비해 나는 일찍이 마음을 비우고 일을 열심히 하였다. 그랬더니 관리자들이 나를 무척이나 좋아하였다.

그러다 회사에서 직영으로 크레인 한 대가 들어오게 되었는데 기사를 모집하려고 부서에서 논의를 했다. 서로 멀리 있는 사람 뽑지 말고 여기 임대 나와 있는 사람들 중에 제일 좋은 사람 뽑자고 의논이 되어 내가 뽑혔다. 윗사람이 "주기사, 우리하고 같이 일을 하자."며 그 소식을 내게 말해주었는데 처음에는 거절하였다.

하지만 조수가 있고 힘이 덜 들지만 전국으로 임대를 나가기 때문에 장소를 많이 옮겨서 집에 못가는 날이 많은 직장보다는 직영에 들어가 정년퇴직할 때까지 근무한다는 점이 좋고, 직영에 계신 선배님이 자꾸 일을 같이 하자고 권해서 직장을 옮기게 되었다.

근무를 하면서는 몇 달 동안 하루가 너무 지루하고 힘이 들었다. 나중에는 오줌이 노랗게 나오는 고생을 6~7개월 지나니까 몸에 배어서 그 통증이 없어졌다.

퇴직도 몇 년 남지 않아서 퇴직을 하면 무슨 일을 할 것인지 미리 준비를 해놓아야겠다는 생각이 들어 내가 타고 있는 장비를 불하해 달라고 하였더니 부서장이 열 명 이상 모아오면은 해주겠다고 하여 같은 동료들이 약 서른 명 정도 있었는데 하고 싶은 사람은 한 사람 밖에 없어서 하지 못하고 부서장이 나와 같이 하자고 하여 세 명이 현장반장과 합의를 보고 공동으로 하자고 하여 열다섯 명의 승낙을 받아 협력사(분사회사)를 만들어 운영했다.

나는 정년퇴직을 하고 개인적으로 50톤 크레인을 구입하여 임대업을 하다가 나이가 많아 일을 못해 기사를 두면서 줄어든 수입을 보충하기 위해 그만큼 줄어지기 때문에 더 큰 중기 275톤을 구입해서 지금까지 운영을 하고 있다.

　내 나이 80세가 다 되었는데도 돈을 벌수 있다는 것은 그동안에 연구와 노력을 많이 하였기에 오늘 이 자리까지 않았나 생각이 든다. 여러모로 나에게 많이 베풀어 주신 분들에게 감사의 마음을 전하고 싶다.
　특히 사람은 태어나서 죽을 때까지 배움과 일을 해도 다 하지 못한다. 죽을 때까지 열심히 하고 남이 어떻게 하든 내 할 짓만 열심히 하라는 아버지의 가르침이 많은 도움이 되었다.
　아버지 너무너무 고맙고 사랑합니다.

　결혼하고 나서 나의 아내가 고생을 너무 많이 했다. 이사를 여덟 번이나 하였고 내 집 마련 하려고 달세, 전세를 거쳐서 내 집 마련 할 때까지 기간이 얼마나 오래 걸리던 가 내 사업한다고 빚을 많이 내어 그걸 갚느라고 얼마나 고생을 하였는가 아내가 잘 하였기에 오늘의 내가 있지 않나 생각이 든다. 며느리와 손자 손녀한테 내가 용돈 받는 것이 아니고 줄 수 있으니 얼마나 행복한가. 이것이 다 아내 덕이다.

당신 너무너무 고맙고 사랑합니다.

밤에 자다가 잠이 깨려면 일어나 걷기 운동을 하고 있는데 아내가 당신 힘이 참 좋아 하길래 내가 힘이 있어야 당신이 죽을 때까지 살아 뒷바라지를 할 수 있지 그래서 힘이 들어도 열심히 운동을 한다. 지금까지 오면서 아내가 얼마나 고생을 많이 했는가 여기저기 온몸이 아프다 할 때는 너무 아무것도 없는 집에 시집을 와서 여태까지 고생을 했다고 생각하니 너무 가슴이 아프다. 아내가 열심히 살아주었기 때문에 나도 열심히 살았기 때문에 약 50년 동안 아무 탈 없이 여기까지 오지 않았나 생각이 든다. 정년퇴직을 하고 무엇을 할 것인가 여구하고 노력한 결과 지금 78세까지도 일을 하고 있지 않은가. 지금까지도 일을 할 수 있다는 것이 아내의 크나큰 내조가 있었기에 여기까지 아무 탈 없이 오지 않았나 싶은 생각이 든다. 우리

가정을 위해 많은 노력을 해준 당신 정말 늘 고맙게 생각하고 있어요.

당신을 너무너무 사랑합니다.

내가 아는 한 사람은 돈이 없어 야간 고등학교, 야간 대학교를 졸업하고 공무원 중견간부로서 퇴직하고 나한테 이런 말을 하였다.

"친구야 지금 살다 가는 거 두렵고 힘이 든다."

공무원 생활을 할 때는 항상 바빠서 몰랐는데 퇴직을 하고 하루종일 집에만 있다 보니까 부부가 뜻이 맞지 않아서 힘이 드는가 보다 생각을 하였다. 그 뒤 몇 년을 지나 죽었다는 통보를 받았다.

몇 년 전에 몸이 안좋다는 걸 알면서도 치료는커녕 가족들한테도 알려지지도 않고 살다가 죽었다는 소식을 듣고 가정이 얼마나 중요한지 새삼 깨닫게 되었다. 사람은 누구나 치료를 열심히 해서 병을 고치려고 할건데 지금 이렇게 사는 것 보다 차라리 죽는 것이 낫다고 생각했기에 이런 일이 벌어진 게 아닌가 하고 생각해 본다.

내 주위에 어떤 한 사람은 직장생활을 정년퇴직까지 열심히 다녔고 자식들 공부 많이 시켜 결혼까지 하였으며 자식들 집까지 장만하였고 연금도 받고 새로 취업하여 월급도 받고 아내도 돈을 벌고 경제적으로도 아무 걱정 없이 살다가 자살한 사건을 보니 인생이 너무 허무하다는 생각과 더불어 가정이 정말 중요하다고 느끼게 된다.

10억 가지고 만족을 느끼는 사람과 100억을 가지고 있으면서 1,000억을 모아야 만족은 느끼는 사람 중 누가 행복할까 나는 10억 가지고 있는 사람이 행복하다고 생각한다. 항상 가꾸고 노력하여 모든 부부가 죽을 때까지 행복한 가정을 지켰으면 좋겠다.

글을 마치며

저의 미흡한 글을 읽어주신 모든 분들께 너무너무 감사합니다. 제 글이 읽으신 분들의 삶에 조금이라도 도움이 되었으면 좋겠습니다.

저에게 더 배울 수 있는 기회를 주시고 또한 일자리를 주신다면 죽을 때까지 배우고 일하며 남을 탓하지 않고 내 일만 열심히 착하게 하라는 아버지의 말씀대로 하겠습니다.

나를 아는 모든 분들, 나로 인하여 불편하셨던 분들, 나의 실수로 남에게 피해준 것, 친인척 우리 가족 학교 선후배 고향 친구 우리나라에서 살아가는 모든 분들에게 사과와 용서를 구합니다.

아직까지 모르는 것이 너무 많은 저희에게 배울 수 있도록 가르침을 주세요. 고맙고 달게 받겠습니다.

병원에 4개월 동안 입원해 있으면서 정말 마음 공부 많이 하고 돌아갑니다. 대학교수님, 의사선생님, 간호사 선생님, 병원에서 근무하는 여러 직원분들께 감사드립니다.

힘든 병원에서 환자에게 웃음으로 대하는 여러분 또한 우리 의료계를 이만큼 발전시킨 여러분과 우리나라를 이렇게 잘 살게 만들어 준 정치경제 문화 사회 우리 국민 모두에게 늘 감사하는 마음입니다.

너무 고맙고 지금도 잘 살지만 우리 모두가 자손 대대로 잘 살 수 있게끔 열심히 일을 하고 죽을 때까지 배웁시다. 죽을 때까지 일을 해도 다 못하고 죽을 때까지 배워도 다 못 배우니 누구나 다 같이 공감하고 남을 탓하지 말고 내가 할 수 있는 것만 열심히 하면은 자손대대로 세계에서 으뜸가는 평화로운 부자나라로 살 수 있지 않을까 생각합니다.

끝까지 읽어주신 여러분! 너무 고맙고 저도 잘 할 수 있게 불철주야 노력하여 사회에 보답하겠습니다.

여러분 가정에 항상 웃음꽃이 반발하기를 두 손 모아 빕니다.

주하식

사진첩

나의 결혼식

절에서

어느날 집앞에서

큰아들과 작은아들

손잡고

불국사에서 큰아들과

처와 두 아들

웃고 있는 두 아들

길에 서서

듬직한 두 아들

해수욕장에서 두 아들

소나무와 함께

꽃나무 앞에서

두 아들과 함께

큰아들 초등학교 졸업식

추억의 가족사진

현재의 가족사진

내가 운영하고 있는 최신 크레인

첫 크레인 운전할 때

크레인 작업 현장에서

100톤 크레인 기사로 일할 때